W0237282

DER GESUNDE
MENSCHEN
VERSAND

Pedro Lenz Radio

edition spoken script

Morgengeschichten

15

Pedro Lenz

Radio

edition spoken script 15
1. Auflage, 2014
© Der gesunde Menschenversand, Luzern
Alle Rechte vorbehalten

ISBN 978-3-905825-92-3

Die abgedruckten Texte wurden von Pedro Lenz in den Jahren 2007 bis 2011 für die Sendung «Morgengeschichte» von Radio SRF 1 geschrieben.

Herausgeber Edition
Matthias Burki
Ursina Greuel
Daniel Rothenbühler

Gestaltung
hofmann.to

Druck
fgb, Freiburg i. Br.

www.menschenversand.ch

Nöch bi de Lüt

I üsere Jugend simer chli niidisch gsi uf eine, wo Flückiger het gheisse.

Der Flückiger het nid gschaffet, obwou, dass er no rächt jung het usgseh.

Är heig öppis mit de Närve, hets gheisse, das isch aues gsi, wo me denn gwüsst het.

Am Morge het er auben eifach e Camping-Stueu vor d Huustüre gstöut. Dört druffen isch er nächär ghocket, tagelang, wuchelang, isch eifach nume ghocket und het chli gluegt, ob ächt nöimen öppis passiert.

Der Flückiger hätt eigetlech ou uf em Baukon chönne stoh, vo sim Baukon us hätt er sogar e besseren Überblick gha, numen isch es ihm äbe wichtig gsi, dass er nöch bi de Lüt isch, für e Fau, dass einisch öppis passiert.

Aber ou wenn der Flückiger Tag für Tag uf sim Camping-Stueu dunge bi de Lüt isch ghocket, isch eigetlech nie öppis passiert.

«Was machsch, Flückiger?», hei ne mängisch die, wo düregloufe si, chli spöttisch gfrogt.

«Nüt, i luege numen, ob öppis geit.»

«Und? Geit öppis?»

«Es geit eso.»

Es isch würklech nie öppis passiert, wöu am Flückiger si Camping-Stueu, dä isch im längwiligschten Egge vom längwiligschte Quartier vom längwiligschte Dorf gstange.

Und wo mer ne mou im jugendlechen Übermuet, us Fröid am Liire, wäge däm hei aazündet und vorgschlage hei, dass er doch, wenn de scho, nöimen angers müess härehocke, nöime wo chli meh los sig, wenn er würklech wöu, dass ändlech öppis passieri, do het der Flückiger nume müed glächlet und gseit:

«Nöimen angers? Nöimen angers? Nöimen angers söuen angeri luege, i cha mi weiss Gott nid um aues kümmere!»

D Ornig vor Wäut

Vo Aarwange bis Niederbipp isch aues no normau gsi. Aber zwüsche Niederbipp und Oberbipp, dört hets aagfange.

Gli chöm Attiswiu, het eine zu däm vis-à-vis gseit.

Das sig jetz genau fautsch!, het der anger gseit, vorhär chöm gäng no Wiedlisbach.

Jo, klar, das scho, aber nächär, nächär chöm Attiswiu.

Do müess me nid drüber diskutiere, het dise gseit, är heig sech numen erloubt, afe mou klarzstöue, dass nach Oberbipp, aber no vor Attiswiu, Wiedlisbach chöm.

Worum dass er vo Wiedlisbach stürmi, het der anger wöue wüsse, es göng doch hingen und vore nid um Wiedlisbach.

Är heig zwar nid aagfange, het dise klargstöut, aber es sig jetz haut eifach eso, dass zwüsche Oberbipp und Attiswiu no Wiedlisbach chöm, obs ihm passi oder nid.

Und spötischtens dört hets eim afoh dünke, das ganze Gspräch loufi nid ganz optimau.

Der eint isch chli lüter worde, het betont, är heig i sim ganze, länge Läbe no nie, no gar nie, öppis mit Wiedlisbach z tüe gha, und trotzdäm chöng är doch nüt derfür, dass zersch Wiedlisbach chöm.

Öppis hätt der anger no wöuen antworte, aber do si mer scho z Oberbipp aacho, und är het use müesse.

«Söttige dumme Laferi! Stigt ds Oberbipp us und weiss nid emou, dass das Bähnli nächär z Wiedlisbach stüu het.» Het dise gseit.

Do müess me sech nächär nümm verwungere, wenn mer bi dere Pisastudie gäng bi de letschte sige, wenn nid emou meh d Oberbipper wüssi, i welere Reihefoug dass d Wäut zämegsetzt sig.

Härkunft

Scham isch vilecht eis vo den unagnähmschte Gfüeu. Und hüfig schämt me sech jo nid emou für sich säuber, sondern für angeri, vilecht sogar für Lüt, wo men überhoupt gar nid kennt.

Aber am auerschlimmschten isch es natürlech scho, we me sech für die schämt, wo me guet kennt. So wie der Hugi, wo sech aus Ching die ganzi Zit für si Vatter gschämt heig.

Jedes Mou, wenn der Hugi aus Bueb mit sim Vatter i d Beiz heig mit müesse, heig der Vatter d Serviertochter gfrogt, wo si här chöm.

«Wohär chömet dir, wenn i darf froge?», heig am Hugi si Vatter ständig gfrogt. «Vo Willisou», heig de d Serviertochter zum Bispüu gseit.

«Aha, voilà, sehr schön, e Luzernäre».

Oder wenn si gseit heig: «Vo Innsbruck», de heig am Hugi si Vatter gseit: «Ach so, voilà, sehr schön, eine Tirolerin.»

Immer, immer heig ers eso gseit:

«Ach so, voilà, sehr schön, eine Bosnierin.»

«Ach so, voilà, sehr schön, eine Kärntnerin.»

«Aha, voilà, sehr schön, en Engadinere.»

Und äbe, är, der Hugi, heig sech furchtbar gschämt. Und är heig sim Vatter mängisch gseit, är söu doch bitte ds Personau nid durend froge, wos genau härchöm.

Der Vatter heig jedes Mou nume glachet und behouptet,

das miech de Mönsche Fröid, we me sech für ihri Härkunft interessieri.

Aber am Hugi het die Antwort ou nüt ghoufe, är behouptet aube, ihm sig die ewigi Frogerei vo sim Vatter, das ständige Gliir wäge der Härkunft vo de Serviertöchtere aube derewä wahnsinnig, totau piinlech gsi, dass er no hütt, wenn er ine Beiz göng, nid emou d Härkunftsbezeichnige vom Fleisch uf der Spiis-Charte chöng läse, ohni dass er sofort füürrot wärdi.

Am Viktoriaplatz

Bim Warte, am Viktoriaplatz, bir Tramhautstöu, heig d Marianne der René troffe, en aute Schueukolleg, wo der Übername Bubi heig gha und wo ungerdessen ou füffzgi sig, aber immer no genau glich usgsäch wie uf der Fotti vor föifte Klass.

«Eh, lueg jetz ou, lueg ou, lueg ou, lueg ou!», heig si gseit und e riese Fröid gha.

«Sälu Bubi! Dasch jetz en Überraschig! Chom verzöu, was machsch afe? Wie geits der? Wie läbsch, Bubi?»

«Excüse» – heig är gseit – «wär sit dir überhoupt?»

«He Bubi, kennsch mi nümm? I bi dänk d Marianne. Mir si doch zämen i d Schueu, weisch nümm? Denn im Spituacher!»

Aber är, der Bubi, heig nüt wöue wüsse. Är kenni ke Marianne. Är heig kei, absolut kei Ahnig, wär si sig. Är nähm aa, das müess e Verwächslig si.

«Nei, nenei», heig d Marianne ingsischtiert. «Du bisch der Bubi, wo 64 bis 68 mit mir i d Klass isch, im Spituacher, bim Lehrer Stuber.»

Är sig ir Länggass i d Schueu, und ussertdäm, är heissi überhoupt nid Bubi.

Und druf sägi d Marianne: «I weiss, i weiss, i weiss, richtig heissisch René, aber mir hei doch au zämen immer nume Bubi zue der gseit, du gsehsch jo no genau glich us wie denn.»

Und är scho fasch hässig:

«I säges no einisch, i weiss nid, wär dir sit, i bi nie im Spituacher i d Schueu, nie, nie, nie.»

Auso sig ar Marianne nüt angers übrig bblibe, aus «sorry» z säge, wägem Missverständnis und totau irritiert i ds Tram iizstige.

Sit denn chöng si fasch nume no a däm Bubi umestudiere und wenn si ungerwägs sig, mög si gar niemer meh aahoue, wöu die Begägnig mit em Bubi dört a dere Tramhautstöu, die heig se derewä drusbrocht, dass si säuber nümm rächt wüss, wo und wenn und bi wäm und mit wäm dass si sinerzit i d Schueu ggange sig und mängisch sig si nid emou meh sicher, ob si würklech Marianne heissi.

Schouspielerei

Ire grosse Stadt, im Ussland, im ne zwöistöckige Linieböss, het mi einisch en öutere Herr aaghoue. «Excüse», het er gseit, «sorry, tschuudigung», aber ihm, ihm sig grad öppis soublöds passiert:

Är heig ufenes Amt müesse, wägere Erbschaftsgschicht und ir U-Bahn heig nim öpper d Brieftäsche gstole, mit aune Papier und em ganze Gäud, aues wägg.

Und jetze, jetz sig er zimlech verzwiflet, wöu er nid emou meh Gäud heig, zum sire Frou aalüte, wo scho lang uf ne warti und sech sicher afe furchtbar Sorge miech.

Mir het dä leid to, dä öuter Herr, i sire Verzwiflig, i dere frömde Stadt, ohni e Rappe Gäud im Sack.

I ha nim es chlises Nötli ggä und är het tuusig Mou merci gseit und i sölinim d Adrässe ufschribe, är zauh mers de sofort zrügg.

Sig doch nid nötig, han i gseit. Und i wünsch nim aus Guete.

Es paar Monet spöter, ir gliche Stadt, wieder im ne Böss, aber ire ganz angere Linie, isch dä Herr wieder uf mi zuecho.

I hätt ne nümm kennt, wenn er nid wieder die genau glichi Gschicht verzöut hätt. Provinz. Einisch ir Stadt. U-Bahn. Brieftäsche gstole. Aus Gäud furt. D Frou miech sech Sorge.

«He, hallo», han i zue nim gseit, «das isch jo ds Toupet, dir heit mi inegleit, heit mer genau ds gliche Programm scho einisch vorgjammeret und ig Tubu, i has no ggloubt und han ech Gäud ggä. I ha Mitleid gha mit eim, wo sine Mitmönsche gäng di glichi Röibergschicht verzöut.»

I söu mi nid ufrege, het er gseit. Das sig si Pruef. Är sig en Art e Schouspieler, är läbi vo däm, es sig sis ganz persönleche Stück.

Ob i nim für die Erklärig no einisch Gäud ha ggä, geit auerdings niemer öppis aa.

Rohrreinigung

Am ne Morge si nes paar Manne vor Rohrreinigung uf der Stross vor em Huus bim ne Sänkloch gstange.

«Saugen, spülen, fräsen», hets uf der Chutte vo däm gheisse, wo i ds Sänkloch abegluegt het. Är het e Schluch ir Hang gha und het immer wieder i das Sänkloch abegruefe:

«Gib no chli, Kürtu,
gib no chli, Kürtu,
gib no chli, Kürtu.»

Dä Kürtu im Sänkloch inne, dä han i nid gseh, derfür en angere, eine, wo witer hinge bim Laschtwagen isch gsi und der Schluch langsam und sorgfäutig het ufgrouet.

Ou der Erscht, auso dä oben am Sänkloch, het sech gäbig Zit glo. Är het abegluegt, immer e chli am Schluch zogen und nume grad zwüschinne, wenns gar nümm ggangen isch, het er i ds Loch abegruefe:

«Gib no chli, Kürtu,
gib no chli, Kürtu,
gib no chli, Kürtu.»

Und de het er wieder lang zogen und nüt meh gseit.

I hätt gärn no lenger zuegluegt, wie die Manne dä Schluch Meter um Meter us däm Sänkloch usehole. Aber i bi sowieso scho vüu z spät dranne gsi und drum han i unmöglech chönne bliibe, bis si der ganz Schluch uf der Roue hei gha.

Derfür isch mer nächär am einte sini ruehigi Stimm, sis fründleche und glichzitig bestimmte:

«Gib no chli, Kürtu,
gib no chli, Kürtu,
gib no chli, Kürtu.»
der ganz Tag i den Ohre gläge.

Sogar jetze verfougts mi mängisch no und de frogen i mi, wie ächt dä Kürtu usgseht, wies nim ächt grad eso geit und ob er jetz ou grad irgendwo im ne Sänkloch inne steit und uf ds Kommando vo sim Vorarbeiter no ne chli Schluch nochegit und no ne chli und no ne chli und no ne chli.

Di Insle dört

Die beide Dame hei über ihri erwachsene Ching gredt.

Und de het die einti verzöut, ihre Sohn, der Jüngscht, dä wo uf der Bank schaffi, sig grad uf ere Reis.

«Ds Dings isch er, weisch, ds Dings dörte, uf deren Insu. – Eh, wie heissts? Säg schnäu, es ligt mer uf der Zunge.»

Die angeri Dame het ere wöue häufe. Het gfrogt, obs ächt vilecht eini vo de Kanarischen Insle sig.

«Nei, nei, weisch, im Züg usse, dört im Dings, e wahnsinnig schöni Insle, es richtigs Paradies, äh, wenn is grad chönnt säge, dä Morge hanis no gwüsst.»

Guet, si söu nume joo nid forciere, het die erschti Dame gseit, mängisch sigs besser, we me vo öppis angerem redi, de chöms eim de plötzlech wieder i Sinn.

Auso hei si vo öppis angerem gredt, hei enang verzöut, wie wahnsinnig günschtig dass me hüttzutags afe chöng flüge, uf Berlin zum Bispüu, do sigs fasch büuiger, der Flüger z näh, aus d Isebahn.

Das sig genau eso, het die angeri bestätiget, aber ou Mallorca choschti fasch gar nüt meh. Nach wie vor sehr tüür sigs de hingäge, we me witer furt flügi, so wie ihre Sohn, wo jetz grad uf deren Insle sig, wit im Süden unge. Der Name chömere eifach nümm i Sinn.

Ob si ächt d Maledive meini oder d Seychelle.

«Nei, nei, angers, äh, weisch, es isch e grossi Insle, uf em Atlas eini vo de gröschte. Är het mer Fottine gschickt, i müesst der Name wüsse, aber i ha grad es Blackout.»

Das sig doch nid so schlimm, het die angeri wieder wöue tröschte, si säuber, si heig ou immer es Gschtürm, mit denen exotische Deschtinatione, grad chürzlech heig si wieder Ontario und Ohio verwächslet.

«Mit O», het disi ufgregt gseit, e sig en Insle mit O, jetz chöms ere de grad wieder i Sinn.

«Ouschtralie?»

«Ganz genau, z Ouschtralien isch er, der Alex, z Ouschtralie!»

Seisch e Gruess

Z Bärn wohnt eine, dä heisst Godi, aber mir, mir säge nim meischtens Gruess-Godi. Wenn eim der Gruess-Godi uf der Stross oder süsch nöime begägnet, seit er jedes Mou: «Seisch e Gruess» oder de seit er vilecht: «E Gruess deheime», und mängisch seit er eifach nume: «E Gruess» oder «Gruess».

Es isch glich ob zur Begrüessig oder zum Abschied. Louft der Gruess-Godi a öpper häre, de seit er: «E Gruess» oder «Gruess». Louft der Gruess-Godi vo öpperem wägg, de seit er: «Gib e Gruess» oder «I löng de lo grüesse.»

Ständig isch der Gruess-Godi am Grüessen und ständig tuet der Gruess-Godi Grüess usrichte.

Är weiss aube säuber nid, wän dass er aues grüesst und worum. Aber das isch am Gruess-Godi wahrschiinlech totau glich. Ihm machts eifach Fröid, dass er cha grüessen, und dass er cha Grüess usrichte und Grüess aabringen und Grüess witergä.

Ungerdesse hei sech es paar vo sine Bekannte es Spili drus gmacht, der Gruess-Godi am Radio z grüesse.

Immer we me bi irgendemne Radio cha aalüte, dasch glich weles Radio und es isch ou glich für was, de versueche die Bekannte vom Gruess-Godi dürezcho. Si lüten eifach geduudig immer wieder am Radio aa. Und wenn si tatsächlech uf Sändig si, de froge si aube scho grad am Aafang, ob si ächt no ne Gruess für e Gruess-Godi dörfi usrichte.

Das isch ke schlächte Trick, wöu sogar wenns würd heisse, Grüess sige bi dere Sändig nid vorgseh, hätte die wo aaglütte hei dä Gruess a Gruess-Godi jo scho usgrichtet.

Eigenartig isch nume, dass die ständigi Gruess-Godi-Grüesserei am Radio, das ewige Grüess usrichte füre Gruess-Godi uf aune Sänder, am Gruess-Godi zimlech glich isch.

No nie het me der Gruess-Godi ghört säge: «Merci füre Gruess.» Nei, är seit nid emou, är sig am Radio ggrüesst worde.

Und irgendwie het me bim Gruess-Godi ds Gfüeu, är wöu gar nid ggrüesst wärde, wöu är säuber scho ständig grüesst und Grüess usrichtet und das längt am Gruess-Godi füeglech.

Wöu, wenn eine immer grüesst und Grüess usrichtet und aui um sich ume loht lo grüesse, so wi äbe der Gruess-Godi, de mues er gloub säuber nid ou no gross ggrüesst wärde.

Zwöi Mou

Mängisch gits doch Usdruckswise, wo eim eifach grad eso userütsche, ohni dass me sech vorhär no lang überleit het, was si eigetlech genau bedütte.

«I säges nid zwöi Mou!» Das isch zum Bispüu so nen Usdruckswis.

«I säges nid zwöi Mou!» Das isch churz, prägnant und scharf, das isch e sehr e klari Ussag, wo zu ganz ungerschiedleche Läbessituatione tipptopp cha passe.

Das mues ou die jungi Mueter ddänkt ha, wo chürzlech i däm Warehuus ihrem Ching het wöue klarmache, dass es doch nid eifach die ganzi Zit bi dere Routräppe, wo ufefahrt, gägen abe söu springe.

«Jonathan! Chum sofort ab dere Routräppen abe!», het die Mueter zersch gseit.

Aber dä chliin Jonathan, dä het nüt dergliche to. Isch eifach witer di fautschi Routräppen ab.

«Jonathan! Chunnsch du jetz ab dere Routräppen abe!?»

Und wieder het er nüt wöue ghört ha.

Und de isch dere Mueter, ir Verzwiiflig inne, plötzlech die Zouberformlen usegrütscht:

«Jonathan! Jetz chunnsch du sofort ab dere Routräppe abe! Jonathan, i säges nid zwöi Mou!»

«I säges nid zwöi Mou!»

Das churze Sätzli, das het guet tönt. Das het entschlosse tönt. Das het Outorität gha!

«Jonathan, i säges nid zwöi Mou!»

Het die Mueter immer wieder gseit, i ha nid mitzöut, aber i würd jetz auso schetze, dass si mindischtens öppe zwänzg Mou gseit het, si sägis nid zwöi Mou.

Und so gseh, het di Mueter natürlech d Wohrheit gseit, wöu, we men öppis öppe zwänzg Mou seit, de seit mes tatsächlech nid zwöi Mou.

D Glatze vom Wauti

D Frou Hugetobler, die wo im Migros-Restaurant immer ganz hinge hocket und jedes Mou im Minimum drü Crème i ds Kafi tuet, het vo ihrem Nochbersbueb verzöut, vom Wauti:

«Dä het doch immer so schöni Locke gha, dä Wauti, und jetz gsehn i nen im Stägehuus und won er d Chappen abzieht, het er drunger e Glatze, nid eis Hoor meh ufem Chopf, eifach aues furt!»

Do sig si natürlech wahnsinnig erschrocke, het d Frou Hugetobler gseit, dä Wauti sig jo ersch sächzähni, höchschtens sibezähni und wenn eine so schöni Locke heig und de am angere Tag e söttigi Glatze, de sig das uf jede Fau kes guets Zeiche.

«Zersch han i ds Schlimmschte befürchtet! Chräbs, e Chemotherapie, Angscht, Liide, eifach aus, wo eim so düre Chopf geit, we me sone junge Mönsch gseht ohni eis Hoor.»

De het d Frou Hugetobler so ne Kunschtpouse gmacht, vermuetlech zum d Spannig chli erhöche, Spannig erzüge, das cha si nämlech, d Hugetoblere, das mues me re loh, und wo de aui ganz gspannt si gsi, fahrt si ändlech witer:

«Auso, wie gseit, i ha a ds Schlimmschte ddänkt, aber grad diräkt froge, han i der Wauti glich nid wöue, auso han i mi mou unverbindlech bin üsem Abwart erkundiget, ob är ächt zuefäuig öppe grad wüss, wieso dass der Wauti so ne Glatze heig.

Und wüsst der, was er gseit het, der Abwart? Wüsst der was? Är het gseit, das heig mit em Wauti sinere Clique z tüe, däm siner Kollege sigen aus zäme dere Dings, verstöhter, dere Neonazis.»

Wieder het d Frou Hugetobler ihri Wort chli lo setze, und de het si gseit:

«Zum guete Glück nume Neonazi, das isch ömu wenigschtens nid eso schmärzhaft.»

Technischi Detail

Dä mit der verspieglete Pilote-Sunnebrüue het sini Sätz mit grosszügigi Geschte ungerstriche.

Är heig zersch ou gmeint gha, är chöngs mit eren Occasion mache, het er zu däm mit em Goud-Chötteli gseit. Aber ds Problem bi den Occasione sig haut eifach, dass me d Chatz im Sack müess choufe und dass me nächär meischtens scho gli müess bereue, dass me nid e Neuwage gkouft heig.

«Säg nüt!», het dise gseit, «säg nüt! D Entwicklig geit rasant voraa. Ig, zum Bispüu, bi extrem froh um die nöii Fäderig. Du gloubsch jo fasch gar nid, wie so ne Fäderig ds ganze Fahrverhaute cha beiiflusse. Wenn d Fäderig stimmt, de gits praktisch kes Gländ meh, wo de nid chönntisch befahre.»

«Voilà, genau, du seisch es. Aber nid nume d Fäderig, ou der töifer Schwärpunkt isch extrem wichtig, vor auem wenn de mou chli zügig wosch ungerwägs si. Das cha der jede bestätige, der Schwärpunkt isch e Sicherheitsfaktor.»

Und guet, das Gspräch isch no lang eso witer ggange. D Gsichter vo dene beide Manne hei immer no chli meh afoh strahle, währenddäm dass si sech gägesitig au die technische Finesse vo ihrne nöie Chläpf hei vorplöffet. Und i mues zuegä, dass es zimlech lang isch ggange, bis i ändlech begriffe ha, dass si gar nid vo ihrnen Outo gredt hei.

Aber won i mer im Hingerdri aues genau überleit ha gha, hets mi ddünkt, es sig eigetlech scho okay eso und es sig säubschtverständlech totau legitim, dass jungi Vätteren ihri Roue ärnscht näh und sech zwüschine entsprächend ärnschthaft mit de technische Vorzüg vo ihrne Chinderwägen usenangsetze.

Der Windredli-Werni

Wo mer Ching si gsi, hei mer eine gkennt, wo gäng mit emne höche, rote Fez uf em Chopf, auso mit eim vo dene türkische Füuz-Hüet im Dorf isch ufen und abe gloufe. Windredli-Werni, het me nim gseit, es isch e chliine, öutere Ma gsi, wo fasch nüt het ghört und drum ou fasch nid het chönne rede.

Der Windredli-Werni het immer aune, wo nim begägnet si, lang und umständlech zuegwunke und mir Ching, mir hei Fröid gha a sim dunkurote, türkische Chäppi und a sim spezielle Gang und a sim eigenartige Gruess.

Aber was mer ganz bsungers bewunderet hei, das isch am Windredli-Werni si Pruef gsi. Dä het so chliini Windredli gschmiedet us Autise, und de het er se rot und süuberig aagmolet.

D Lüt hei nim die Windredli abkouft und hei se deheimen i Garten ine gstöut. Und we men im Dorf chli umegluegt het, het men überau am Werni sini Windredli gseh dräie. I jedem Quartier hets vo dene Windredli gha und keis isch genau glich gsi wie ds angere, jedes Windredli es Unikat.

Mir hei nis gwünscht, dass üsi Vättere ou söttig schöni Windredli hätte chönne mache, aber üsi Vättere hei nume ganz normaus Züg chönne: Prichte schribe, Schriinere, Outo verchoufe, Poscht verteilen oder Maschine zeichne.

Und sogar wo eine vo de Nochbersbuebe, eine wo scho chli öuter isch gsi und wäge däm chli öppis vom Ärnscht vom Läbe het verstange, isch cho behoupte, di Windredli vom Windredli-Werni, die sige nid sehr vüu Wärt, wöu si nämlech gar nüt nützi, hei mer üsi Überzügig nid verlore.

Wenn dä Windredli-Werni derewä vüu glänzigi Windredli zämeschlosseret, heimer nis gseit, de mues das uf jede Fau e guete Grund ha, mir hätte zwar ou nid chönne säge, für was dass die Windredli guet söue si, aber mir hei gseh, dass si schön dräie und das het üs denn füeglech glängt.

Z Rumänie

Der Toni reist immer wieder uf Rumänie. Und wenn der Toni aube vo Rumänie hei chunnt, de verzöut er eigetlech immer genau ds Gliche.

Es Kafi choschti z Rumänie fasch nüt, seit der Toni zum Bispüu. Und es Isebahnbilliet oder e Wohnig choschti z Rumänie fasch nüt. Oder es Mittagässe choschti z Rumänie ou fasch nüt.

«Z Rumänie verdient me schliesslech ou fasch nüt!», säge mer de aube zum Toni.

Aber das isch en Iiwand, wo der Toni nid wott lo gäute.

«He, he, he, Rumänien isch bös am cho! Rumänie hout extrem uuf! Dir kennet Rumänie nid. Dir heit vo nüt en Ahnig. Rumänie, das isch d Zuekunft!»

Mängisch möchte mer der Toni froge, ob er eigetlech nid wüssi, dass der Kafi z Rumänie nume no söfu lang söfu büuig sig, bis Rumänien ufghout heig, wöu eim nämlech im enen arme Land, we men usem ne riiche Land chömi, sowieso aus büuig dünki. Aber wenn es arms Land einisch nümm arm sig, de dünks eim de ou nümm so büuig.

Es het ke Sinn, der Toni wott söttigi Zämehäng gar nid ghöre. Und mängisch het me ds Gfüeu, är wöu ganz grundsätzlech nüt wüsse, weder über Armuet, no über Riichtum, no über süsch irgendöppis.

Der Toni wott eifach nume säge, z Rumänie choschti es Kafi fasch nüt und e Wohnig choschti z Rumänie ou fasch nüt und es Mittagässe choschti äbefaus fasch nüt.

Und a däm Tag, wos de nümme so isch, seit de der Toni sehr wahrschiinlech nume, Rumänie sig leider ou nümme, was es einisch sig gsi, wöu früecher heig z Rumänie aus zäme fasch nüt gchoschtet.

Aber so lang wie Rumänie no arm isch, reist der Toni regumässig abe - und sigs nume zum sech vergwüssere, dass z Rumänien es Isebahnbilliet und es Kafi und e Wohnig und es Mittagässe fasch nüt choschtet, nid für d Rumäne zwar - aber für e Toni.

Immer mit em Car

D Verchöiferinne hei hinger usse, bir Laschtwagerampi, e churzi Sigerettepouse gmacht.

Auso si, si göng immer im Oktober, het eini gseit, sit über zwänzg Johr, immer ir erschten und zwöiten Oktoberwuche, immer mit em Car, immer i ds gliche Hotel, immer uf Rosas, ar Costa Brava.

«Wieso grad dörte häre?», het die jüngeri Kollegin gfrogt.

«I weiss es nid emou, ha das eifach einisch bbuechet, so nes Arrangement, Carfahrt, Hotel, Ässen, aus inbegriffe. Und de hets mer denn guet gfaue dörte. Und de han i nach de Ferie grad wieder bbuechet für ds Johr druf. Und sithär han is jedes Johr eso gmacht.»

Si chönnt das nid, het de die Jüngeri gseit, das würd si längwilig finge, jedes Johr a ds glichen Ort. Si wöu öppis entdecke bim Reise, nöii Lüt lehre kenne, nöii Länder und nöii Landschafte.

Die vor Costa Brava isch e chli i d Defensive, guet, landschaftlech sigis scho nüt verruckts, aber es gfaui ihre haut eifach.

Und scho het die jüngeri Kollegin wieder dervo aagfange, dass si das nid chönnti, so routinemässig, immer ds gliche Hotel und immer zur gliche Zit und immer mit em gliche Car, immer so ne Car, nei danke. Und ob das nid unerträglech längwilig sig.

«I weiss es gar nid», het disi gseit.

«Was, du weisch es gar nid? Du wirsch doch wüsse, obs längwilig isch! Immer mit em Car.»

Guet, das wüss si scho, dass es mängisch längwilig sig, aber si göng glich gärn, sehr gärn sogar und das wi gseit sit über zwänzg Johr.

Wieso dass si de nid öppis Nöis wöu lehre kenne, wenn si doch zuegäb, dass es mängisch längwilig sig?

«Weisch», het die öuteri ar jüngere Kollegin gseit, «wenn i jedes Johr angeri Ferie müesst mache, wärs vilecht nid längwilig, aber stressig. Und wenn i scho cha useläse zwüsche Längwiu und Stress, de han i äbe de scho vüu lieber d Längwiu, ehrlech gseit.»

Lueg do, Wynige

Wo der Zug z Bärn abgfahren isch, isch das öuteren Ehepaar stumm und fasch es bitzeli verloren im Zwöitklassabteili ghocket.

Är het d Läsibrüue annegha und ime ne Heftli bletteret.

Si het chli zum Fänschter usegluegt.

Nach öppe füf Minute het si aagfangen ir Handtäschen umenuschen und het en Öpfu füregnoh. De het si der Öpfu mit ere Papierserviette sorgfäutig putzt und mit em Sackmässer haubiert.

«Lueg do, Fredi», het si gseit, und am Ma ei Höufti häregstreckt.

«Merci», het är gseit, ohni vo sim Heftli ufzluege.

Nächär hei wieder beidi e Momänt lang gschwige. Är het witergläse, si het witer usegluegt.

Zäh Minute spöter seit si:

«Lueg Fredi, Wynige!»

Är zieht d Läsibrüuen langsam ab, luegt ou use, gseht Böim und Fäuder, gseht Bluemen und Chüe und Hüser und seit:

«Ou jo, Wynige.»

Beidi hei der Huuch vom ne Lächlen uf de Lippe gha und enang e haubi Sekunde lang aagluegt, verschmitzt, hets eim ddünkt.

De het är d Läsibrüue wieder aagleit und witer i ds Heftli gluegt. Und si het witer usem Fänschter gluegt.

Bis Oute hei si kes Wort meh gseit.

Vilecht grad wäge däm, het dä churz Dialog: «Lueg, Fredi, Wynige!» - «Ou jo, Wynige», für mi aus Unbeteiligte so nes Gwicht übercho.

Me het das aute Paar eso gseh dörte hocken und het nid chönnen ufhöre drüber nochedänke, was es ächt mit däm cheibe Wynige genau uf sech het, dass die beide für nes paar Sekunde enang so zfriden und so komplizehaft zueglächlet hei.

I weiss säuber nid worum, aber i bi dörte fasch e chli niidisch worde uf die aute Lüt, wäge däm Wynige, obwouh jo das Wynigen eigetlech, wem es vom Zug us aaluegt, nid unbedingt meh isch aus eifach es Dorf.

Künstlechi Glänk

Ir Beiz isch e Rundi vo Bürokollege ghocket, wo mängisch nachem Fürobe no eis gö go näh.

Dä wo gredt het, isch vo sire ganzen Attitüde här eidüttig eine vo dene gsi, wo de aus neutrale Beobachter grad sofort merksch:

Aha, dä chunnt drus, dä weiss Bscheid! Und de het er gseit:

«Linggi Huft künschtlech. Rächti Huft künschtlech. Das chöi si scho lang, dasch hütt nüt meh Speziells. Die mache der ungerdessen afe Huftglänk ine, wo besser si, aus diner eigete Glänk. Aber Obacht! Das isch de no ds Wenigschte, wöu jetz, jetz chöme d Chnöi. Linggs Chnöi künschtlech. Rächts Chnöi künschtlech. Ou das mache si hütt. Absolut kes Problem! Chasch fasch aues mache, mit dene künschtleche Chnöiglänk, loufe, schwümme, velofahre, es isch würklech ungloublech. Nume chnöile chasch nid. Chnöile muesch vergässe. Chnöilen isch unmöglech, aber aus angere geit absolut problemlos.»

Der Referänt het sis Referat ungerbrochen und e Schluck trunke.

En angere het dä Momänt usgnützt, zum widerspräche: «Däm sägen i nid problemlos. Wenn de nid chasch chnöile, hesch äbe glich es Problem», het er gseit, «ig persönlech, i wett jedefaus keni Chnöi, won i nid zum Chnöile cha bruche.»

Aber dä, wo vorhär derewä guet Bscheid het gwüsst über künschtlechi Huft- und künschtlechi Chnöiglänk, dä het sech sini Begeischterig nid wöue lo näh:

«Das isch jetz ömu nid so nes Problem, dass me nid cha chnöile», het er betont, «oder süsch säg du mir, wo dass men im modernen Autag no chnöilet. Höchschtens im Gottesdienscht, wenn überhoupt, aber we me sech nächär mou frogt, wär dass hüttzutags no z Chile geit, de isch der Gottesdienscht vo mir us gseh ou kes seriöses Argumänt gäge künschtlechi Chnöiglänk.»

Fertig mit Interlake

Öppen uf Höchi Hindubank chunnt der Kondüktör verbi:

«Nächster Halt Burgdorf, alle Billete bitte», macht er, «Prochaine arrêt Berthoud, tous les billets s'il vous plaît», und d Lüt hei ihri Billiet füregsuecht.

Bis dört häre isch aues ganz normau gsi, aber uf ds Mou rüeft ei Passagier zum Kondüktör:

«Das gits jo gar nid, der Loosli Franz! Nei! Das glouben i jo nid, der Loosli Franz! Das isch jo nid mönschemöglech, der Loosli Fränzu.»

Und ob er jetz tatsächlech Kondi sig, het er dä Loosli Franz gfrogt. Aber das isch ender e schlächti Frog gsi, wöu me jo das vom ne Kilometer het gseh, dass dä Kondi isch, dä Loosli Franz, mit sire Isebähnler-Chutte und sim Rächnigsmaschineli, im roten Etui.

Jo, momou, Zugbegleiter sig er, scho lang, göng im guet derbi, «aber was machsch de du, Tinu?», het der Loosli der anger gfrogt.

«Nüt», het dä Tinu gseit, «gar nüt!»

Was, nüt? Ob er de nümm Gitarrischt sig?

«Nei, fertig, baschta», är längi ke Gitarre me aa, sit däm Affetheater denn z Interlake isch Schluss.»

«Jö was?», het der Kondüktör gmacht. «Sit Interlake spüusch gar nümm?»

«Genau, i ha jo scho lenger chli Zwifu gha, aber Interlake het mer definitiv der Räscht ggä, Interlake hets no bbrucht, Interlaken isch ds Tüpfli gsi uf em i.»

Klar, das begrif er natürlech guet, het der Kondüktör gseit, Interlake sig scho nid normau gsi, Interlake sig e Zuemuetig gsi, e Skandau, nid nume für ihn, Interlake sig ds Letschte gsi, absolut unzuemuetbar und ob er ds Billiet no dörf luege.

Der Tinu, der ehemalig Gitarrischt, het ds Billiet zeigt, der Kondüktör het sech verabschidet und isch witer. Und im ganze 2.-Klass-Wage hets öppe drissg Lüt gha, wo nüt lieber hätte beantwortet gha, aus d Frog, was ächt i däm Interlake denn passiert isch, dass dä Tinu für immer het ufghört Gitarre spile.

Aber meinet der, irgendöpper heig sech getrout, dä Tinu uf das Interlaken aazspräche?

Es Brot im Garte

Amene Morge sig eifach das Brot dörte gläge.

Der Heinz hets verzöut, der Heinz wohnt im erschte Stock vo mene drüstöckige Huus.

De sig er ufe Baukon go rouke, liggi zmitts im Garte vor Frou vom Parterre es grosses, runds Brot.

«Was macht ou das Brot dörte?», heig er sech no gfrogt.

Und i däm Momänt sig die Frou vom Parterre grad i Garten usecho und heig das Brot ou gseh.

«He, he, he, geits eigetlech no?», heig si usgrüeft und grad diräkt zum Heinz ufegluegt.

Är sig chli verläge worden und heig ir Verlägeheit inne gseit, das Brot, auso das Brot, das heig sehr wahrschiinlech öpper vor Stross us i Garten ine gschosse.

«Das chunnt sicher nid vor Stross!», heig die vom Parterre sofort gseit, «das Brot chunnt vo do obe!» und heig i sini Richtig ufe zeigt.

«Was? Ig, i schiessen öich doch sicher kes Brot i Garte!», het sech der Heinz versuecht z verteidige.

«Worum sött ig öich es Brot i Garte schiesse?»

Aber no won er das gseit heig, heig er gmerkt, dass er gschider nüt hätt gseit.

Das sig äbe z verfluechte, het der Heinz erklärt:

«Du fosch di a verteidige und scho tönts wi nes Geständnis!»

Und tatsächlech heig d Frou vom Parterre, wo si das

Brot i ihrem Garte sig go ufläse, die ganzi Zit nume der Chopf gschüttlet und zu ihm ufe zeigt.

Der Heinz het gschwore, är heig i sim ganze Läbe no nie, no gar nie öpperem es Brot i Garte gschosse, aber wöu für die Nochbere derewä klar sig, dass ärs sig gsi, heig er jetz glich fasch es schlächts Gwüsse.

«Und weisch was ds Schlimmschten isch?», het der Heinz no gseit, «weisch, was mer würklech z dänke git? Nöierdings han i mängisch plötzlech so nes dringends Verlange, dere Frou würklech einisch es Brot i Garte z schiesse.»

Ungerhautig

Si, d Frou, isch i dä Schuehladen ine. Es göng nid sehr lang, het si no gseit und är, der Ma, het gseit, i däm Fau wart er lieber dusse.

Nächär het er e Sigeretten aazündet und e chli umegluegt.

De het er dä härzig Hung gseh, wo vor em Laden isch aabbunge gsi. Är het sech sofort zue nim abebbückt:

«Jöö, du Chliine! Jööö, was machsch de du ganz aleini do usse? Jo, was machsch de du chliine Luuser?»

Der Hung het Fröid übercho und isch anen ueche ggumpet, so höch wies wäge der Leinen isch ggange.

«Jo, jojojo gäu, joooo, jojo, woschmer chli sälü säge, genau, jooo, gäu, du wosch am Ma chli sälü säge, jooo, bisch e Liebe, sälü, sälü, sälü, jooooo, sälü Liebe, sälüüüüü.»

Är het der Hung zersch am Haus gchräbelet, nächär het er ne am Äcke gchräbelet und de no chli am Buuch.

«Tuesch ou chli warte? Joo, gäu du tuesch braaav warte, tüemer chli warte, tüe mer beidi zäme chli dusse waaaaarte, jooo, gäu, chli warte tüe mer, jo, schöön brav, jooo jo, gäu du!»

Zwüschine het der Ma der Hung chli lo si, aber nie für lang:

«Braaave, e Braaave bisch, joo gäu, e ganz e Braaave! Jo, jo, jo.»

Ufghört het er erscht, wo d Bsitzere vom Hündli isch usecho und mit ihm witergloufen isch.

Nume wenig spöter isch am Ma sini Frou ou usem Laden usecho.

«Ischs der nid z lang ggange?»

«E wohär ou!», het är gmacht, «du hesch jo würklech nid eso lang brucht. Und ussertdäm han i no grad e ganz e nätti Ungerhautig gha.»

«Aha, de isch es jo guet», het si gseit und de si di beiden Arm in Arm witergloufe.

Standortbestimmig

Der eint het am angere sis Telefon erklärt. Es isch eis vo dene Telefon gsi, wo aues angere si, auso aues angeren aus es Telefon, aber we me wett, chönnt me ou telefoniere dermit.

Item, hets auso einen am angeren erklärt und het nim aui die tuusig Sache zeigt, wo me mit somene Telefon, abgseh vom Telefoniere, ou no cha mache.

Das heisst, ganz aues het er nim natürlech nid zeigt, wöu, zum Bispüu der Tascherächner oder der Fottiapparat oder d Agända, das isch nüt, das het sowieso jede, nei, är het nim vor auem die einti Funktion zeigt, die, wo me cha luege, wo dass men isch.

«Auso, wart, jetz stöuen is mou ii», het er gseit, «lueg do, jetz isch es am Sueche. Lueg, lueg, gsehsch es?»

Der anger het gnickt. Het aber gseit, är erkenni nüt.

«Muesch warte, i mues no umstöue», het dise gseit, «jetz stöuen i um vo ‹Fotoansicht› uf ‹Kartenansicht›. Gsehsch, gsehsch, jetz suechts wieder, lueg, nei, do, do muesch luege, do wo das Nödeli isch.»

De hei wieder beid zäme sehr konzentriert ufs Display gluegt.

«Wart, i zoomes no chli häre, jetz muesch churz warte, jetz gseht mes de grad. Es isch extrem präzis, lueg, jetz, jetz, lueg, jetz gsehsch es!»

Der anger het zwar wieder gnickt. Aber es het eim ddünkt, är chöng d Begeischterig vom erschte nid ganz teile.

«Auso, jetz lueg. Jetz blinkets dohie, do wos blinket, genau do stöhmer jetz. Und jetz chani do no okay drücke und – wart schnäu – vori ha nis no gwüsst. Momänt. Aha, genau, do, do ou no okay und jetz muesch luege, jetz chunnt d Adrässe. Gsehsch, gsehsch, ganz extrem!»

«Zeig. Aha genau, Dammwäg. Das stimmt. Mir si am Dammwäg.»

«Äbe, jetz chasch es do läse: «Dammweg!»

Het dä mit em nöie Handy gseit. Und der anger het gmeint:

«Scho guet, aber das hätti der süsch ou ohni di Funktion chönne säge, dass mer am Dammwäg si. I wohne jo am Dammwäg.»

Klarheit

Der Bisegger Walen isch e gäbige. Und was vor auem gäbig isch, du weisch immer ganz genau, was er i welere Läbeslag seit. Das heisst, du chasch es sogar stüüre.

Wenn de der Bisegger Wale zum Bispüu frogsch, wies nim göng, de seit er jedes Mou:

«Danke, me schloot sech düre.»

Das isch e Bank. Du weisch es eifach. Es chömen immer genau die vier Wort i dere Reihefoug. «Danke, me schloot sech düre.»

Oder wenn ne frogsch, wie ächt ds Wätter wärdi, de seit der Wale jedes Mou:

«Das chunnt haut drufaa, was der Himu hütt wott.»

Du chasch bim Bisegger Walen aber ou garantiert sicher si, dass er jede Morge seit:

«Sooo, hei mer ou scho ufmöge?»

Jede Morge, wenn ne gsehsch, chunnt zersch grad dä Spruch.

«Sooo, hei mer ou scho ufmöge?», seit er am Morge früech und am Oobe spät seit er immer:

«Sooo, de wei mer dänk der Schloof go sueche.»

I kenne dä Bisegger Wale scho lang und är isch nie abgwiche vo sine Standardsätz. Är merkt vermuetlech sogar, dass sech töu Lüt wäge däm mängisch luschtig mache.

Und was wär jetz das, wenn dä Walen einisch chli würd abwiiche, wenn er numen eis einzigs Mou en unerwartete

Satz würd useloh, wenn er einisch, numen einisch, uf d Frog, wies nim göng, öppis Unerwartets würd antworte?

Aber nei, der Wale bliibt bi sine Sprüch:

«Nähmer no eis, jünger chöme mer nümm derzue.»

«De wei mer doch mou luege, dass gluegt isch.»

«Sooo, de wei mer dänk der Schloof go sueche.»

«Frölein zahle! I mues hei, der Mietzins louft.»

Am Bisegger Wale sis Repertoire isch nid unändlech gross.

Wenn me ne chli kennt, kennt me gli jede vo sine Sprüch. Wenn me mit em Wale zämen isch, de isch immer aus klar.

Ds Einzige, wo mer nid ganz klar isch, isch, worum dass mir dä Wale, trotz sire rhetorische Klarheit immer meh z dänke git.

Eierdings

Ob ihre ds nöie Interieur vom Salon gfaui, het der Coiffeur sini auti Stammchundin gfrogt, währenddäm dass er d Lockewickler montiert het. Und me het grad sofort gmerkt, dass er e zünftig stouz isch.

«E chli fiischter isch es worde», het si gseit, «für mi hets jetz – aus i auem – wenn i ganz ehrlech bi, fasch e chli z vüu Schwarz.»

Das sig nid schwarz, het der Coiffeur afe grad klargstöut, die Farb heissi Anthrazit.

«Aha, jä so, Anthrazit, guet, wenn dirs säget. Aber z fiischter isch es so oder so. Zum Glück heit er wenigschtens no die einti Site i däm Häugrüen lo striche. Das gfaut mer scho besser.»

Das sig äbe nid Häugrüen, het se der Coiffeur scho wieder korrigiert, die Farb heissi Lindegrüen.

Und dört hets eim afoh dünke, beid zäme sige chli entüüscht vonenang. Der Coiffeur, wöu sini längjöhrigi Chundin kei Ahnig vo Farbe het. D Stammchundin, wöu ihre Coiffeur der Salon so fiischter het lo zwägmache.

«Und die Vorhäng», het si gseit, «die simer irgendwie ou chli z fiischter.»

«Jä, luegit Frou Dokter», het der Coiffeur scho liecht beleidiget gseit, «das isch äben e Konzession a Zitgeischt, die gmüetleche Zite si düre, das Softiezüg isch definitiv passé, jetz pfiift dohie es angers Lüftli, jetz isch fertig Friede,

Freude, Eierdings.»

Es heissi nid Eierdings, het jetz d Chundin korrigiert, es heissi Eierkuchen, wenn schon, Friede, Freude, Eierkuchen!

«Wieso eigetlech Eierkuchen?», het der Coiffeur gfrogt.

Das wüss si doch ou nid, het si gseit. Und de, nach emne Zitli:

«I weis es würklech nid, aber me seit uf jede Fau Eierkuchen. Das seit men eifach, so wie me Anthrazit seit, oder Lindegrüen, es isch es Detail, aber me mues es, wenn schon, richtig säge.»

Drüber rede

Ir Beiz isch es wieder spät worde, fasch vo säuber, d Marianne het gseit, es gäb nüt meh:

«Sit so guet, es isch Füroobe! Chöit morn wieder cho.»

Und wo si het aagfange d Stüeu uf d Tischen ufe stöue, si ou die Letschten ändlech ufbbroche. Numen eine, eine wo bir Gmeind schaffet, im Strossenungerhaut, und wo der Übername Profässer het, wöu er immer gärn über schwirigs Züg redt, het d Marianne gfrogt, ob er se no öppis dörf froge.

«I ha gseit, es sig Füroobe, es güut für aui – ou für di, Profässer!»

«Nume no ei Frog», het der Profässer, dütlech lallend gseit, «säg mou Marianne, bisch du eigetlech für oder gägen AKW?»

Mir hei au zäme chli vorwurfsvou der Profässer aagluegt, was liiret jetz dä no vo AKW um die Zit?

«Chum Profässer, hesch es ou ghört, mir sötte hei. Es isch spät.»

«Jo, scho guet, scho guet», het er abgwunke und isch schwankend usecho.

Aber dusse, vor der Beiz, het er der Hene gfrogt: «Säg mou Hene, bisch du eigetlech für oder gägen AKW?»

«Was liirisch jetz no vo AKW, Profässer? Wettsch nid lieber hei? Es isch spät.»

I ha mi de anerbotte, der Profässer hei z begleite.

«Geits?», han i ne gfrogt, wöus mi ddünkt het, är schwanki nid z knapp.

«Mir geits guet», het der Profässer gseit, «aber üsere Gsprächskultur geits dräckig! Muesch di mou achte, wenn du hüt irgendöpper frogsch, ob er für oder gäge AKW isch, de seit er, söusch nid liire, aber d Frog, d Frog beantwortet kene. Das hei jetz die vor Atomlobby ou gmerkt. Drum plane si wieder nöii AKW, trotz Tschernobyl, trotz Fukushima, wöu si genau wüsse, das niemer ma drüber rede. Die wei das usnütze, dass niemer ma drüber rede! Di meine, wenn niemer meh drüber redt, sigen aui Problem glöst!»

I ha am Profässer versproche, i wöu de bi Glägeheit einisch drüber rede.

Eine vom Dorf

Es isch e richtigi Szenebar gsi mit so re chice Lounch im Egge.

Ds ganzen Interieur perfekt gstylet. Schwarzi Lädersofa mit Chromstauhfüess, diskreti Halogenbelüchtig, trendigi Kunscht und ar Bar nume jungi, schöni Mönsche, au zäme sidefiin aagleit.

D Musig isch nid z lut gsi, eso dass me do und dörte der eint oder anger Gsprächsfätze het chönnen ufschnappe:

«Tschüssi», het zum Bispüu öpper gseit. Oder öpper angers het gseit: «Hei, wow, nöii Frisur?! So schöööööön!»

Die, wo nüt gredt hei, hei chli i glänzige Magazin bletteret. Angeri hei sech säuber i de vile Spieglen aagluegt, wos überau het gha und wieder angeri hei sech mit ihrne Handys beschäftiget.

Die, wo nöi si inecho, hei meischtens stumm und möglechscht unuffäuig um sech ume gluegt, bis si die Person hei gseh, wo uf se gwartet het, nächär sofort es fründleches «Hoi, wie hesch?» und drü Müntschi uf d Backen und e diskrete Blick zum Barpersonau für ne Bschtellig ufzgä.

Eso isch das es Zitli ggange i dere Szenebar, bis plötzlech einen uftoucht, e Ma mit ere chräftige Stimm, wo – chuum isch er zur Türen inecho – afe lut und dütlech grüesst:

«Gueten Oobe mitenang!», seit er und hocket ab.

Im Lokau isch es müslistüu worde. Au zäme fasch schockiert zu däm Ma gluegt, wo grad isch inecho.

Es isch fasch gsi, wi wenn er vom nen angere Planet wär cho!

Das hets offebar i dere trendige Szenebar no gar nie ggä, dass eine dür ds ganze Lokau düre lut und dütlech au zäme grüesst.

D Lüt hei sech gägesitig vergwüsseret, dass si dä no nie hei gseh. Si hei ne stumm, aber genau studiert. Und erscht, wo au zäme ganz sicher si gsi, dass dä wo do so normau grüesst, wahrschiinlech e Frömden isch, vilecht sogar eine vom ne Dorf, hei si sech einigermasse beruhiget gha.

Nume zrügggrüesst het wäge däm glich niemer.

E nasse Labrador

Es het gräggnet und bir Amplen am Fuessgängerstreife hei öppe sibe, acht Persone druf gwartet, dass es ändlech Grüen wird.

Vis-à-vis, uf der angere Strossesite, isch öpper mit emne Hung gstange.

«Die Cheibe si haut scho schön, di Labradore», het eine näben üs zu sire Begleitere gseit, «aber wenn si nass si, de stinke si ganz grusig.»

E chliine Bueb het das ghört und het nümm ufghört, sini Mueter z froge:

«Du, Mammi, säg, stinkt dä Hung? Stinkt dä Hung fescht? Wi fescht stinkt der Hung?»

Dere Mueter isch das sichtbar unagnähm gsi. Zwar isch d Amplen immer no uf Rot gstangen und der Hundebsitzer isch däne gsi, hets auso nid chönne ghöre, aber mir uf üsere Site, mir heis aui ghört und hei e chli verläge glächlet.

«Stinkt er fescht, der Hung? Wie fescht stinkt der Hung? Stinkt er ganz, ganz fescht?»

Was hätt di Mueter ou chönne säge? Nüt Informativs. Si wüssis nid, het si gseit. Wahrschiinlech stink er scho.

«Aber stinkt er fescht?», hets ds Ching immer wieder gfrogt, «sehr fescht? Wie fescht?»

Es isch aune chli piinlech gsi, aber am piinlechschte isch es natürlech däm gsi, wo mit däm Thema het aagfange gha.

Sini Begleitere het ne vorwurfsvou aagluegt, wöu er mit sire Bemerkig, mit däm unüberleite Sätzli «Die Cheibe si haut scho schön, di Labradore, aber wenn si nass si, de stinke si ganz grusig» e söttigi Situation het usglöst.

Es isch gsi, wie wenn dä nass Hung uf der angere Strossesite e ganzi Gruppe vo Lüt hätt us der Rueh bbrocht.

Drum bin i de, wos ändlech Grüen isch worde, ganz nöch a däm Hung verbi gloufe. Aber i mues auso säge, i bi chli entüüscht gsi, är het gar nid unbedingt bsungers fescht gstunke.

Autiigsässe

Klar, das sig klar, das sig sehr klar, het der Mosi gseit, är heig das immer scho gseit, aber uf ihn losi haut niemer.

«Was plagiersch scho wieder, Mosi?», het eine ir Rundi gfrogt.

«Ds Finanzsyschtem, d Banke, das ganze Gäudgschäft, d Börse und die Fonds und Aaleihen und das ganze Glump. I ha scho lang gseit, das Züg göng einisch z Bode!»

Mir heige gar nid gwüsst gha, dass är derwä wahnsinnig guet Bescheid wüss, i dene Banksache, hei mer der Mosi chli probiert z provoziere.

«Was heisst do drus cho, i ha eifach meh aus einisch mit so mene Finanzberooter z tüe gha, he jo, so genannti Anlageberatung. Und es het mi bis jetz no jedes Mou ddünkt, uf däm Business schaffi e Huufe Bräzelibuebe, wo vo nüt en Ahnig hei.»

«Jä, hesch de du en Ahnig, Mosi?»

«En Ahnig nid, aber e Vorahnig, e Vorahnig han i gha. Jedes Mou, wenn mer eine vo dene Spezialischte het afoh Züg vorrächne, mit Zinsen und Ränditen und so, han i die gschliffne Bueben auben aagluegt, ha mer überleit, ob ig a so mene Müuchgsicht, wo no bir Mueter wohnt und wo no nie siner Schueh säuber pputzt het, mis Gäud würd aavertroue. Nei, das hätti nie gmacht!»

Ob er de überhoupt Gäud hätti gha, zum Aalegge, hei mer vom Mosi wöue wüsse.

Nei, Gäud heig er nie gha, weder früecher, no jetze. Das müess er zuegä.

«Aber so wies Nöiriichi git», het er no gseit, «und söttigi, wo scho sit Generatione riich si, so gits Nöiarmi und söttigi, wo scho vor Urzite arm si gsi. Und so wien ig di Nöiriiche immer mit Misstroue ha aagluegt, eso luegen i jetz i dene Krisezite di Nöiarme mit Misstrouen aa und bi eigetlech no rächt froh, dass ig zu den iigsässnen Arme ghöre. I ghöre zu denen Arme, wo scho arm si geboren und wo dä Status immer hei chönne häbe.»

De het er no ne Rundi zauht, für dass er nid z vüu Gäud heitreit, und mir hei nim Danke gseit und gfunge, der Mosi sig chli ne Stürmi, aber e Guete.

Dütschungerricht

Einisch, z Amerika, si mer es paar Schwizer und Dütschi gsi, wo zämen es Taxi hei gnoh.

De hei mer hinger innen im Taxi chli zäme gredt, uf Hochdütsch.

Der Taxifahrer, en Afrikaner us Simbabwe, het gli einisch gmerkt, dass mer Dütsch rede.

Är chöng de im Fau ou Dütsch, het er uf Änglisch behouptet und de het er im ne sehr klaren und schöne Dütsch gseit:

«Heute spielen alle Kinder im Garten.
Ich spiele im Garten. Du spielst im Garten.
Hans spielt im Garten. Hanni spielt im Garten.
Wir spielen im Garten. Ihr spielt im Garten.
Alle Kinder spielen im Garten.»

Nächär het er lut glachet und mir natürlech ou.

De hei mer ne grüehmt und gseit, das sig perfekt gsi.

Klar sig das perfekt gsi, het er uf Änglisch gseit, schliesslech heig er das sinerzit ir Missions-Schueu tuusigi vo Mou müessen ufsägen und die Missionare, wo aus zäme Dütschi sige gsi, die heigen äben immer Wärt uf ne schöni Ussproch gleit.

Zwar heig er lengschtens kei Ahnig meh, was das Sprüchli wöu säge, aber es gfau nim eifach und är sägis zwüschinne sogar, wenn er alei im Taxi ungerwägs sig.

Eine vor Gruppe het am afrikanische Taxifahrer die dütsche Sätzli wöuen übersetze, aber dä het grad dankend abgwunke und glachet.

Das nützi ihm gar nüt, wenn er wüss was siner Sätz heissi, het er gseit, für nen Ungerhautig uf Dütsch bruchtis jo de glich no chli meh. Ihm längis, wenn er wüss, dass er es schöns Dütsch heig. Und wie gseit, mängisch säg er die Sätz ganz für sich aleini uf, und de heig er aube ds Gfüeu, är sig für nes paar Minuten e richtige Dütsche.

Nächär het er wieder lang glachet, und es het eim fasch ddünkt, we me genau härelosi, de ghör men us däm Lachen e dütsche Klang use.

Früecher

Das Meitli isch vilecht öppe vieri oder föifi gsi.

Es isch mit sire Mueter Routräppe gfahre und het chli vor sech häre gredt.

Ds Meitli het kommentiert, was passiert oder was es gseht, es het e Huufe Froge gstöut und sech jedi Frog grad sofort säuber beantwortet, churz: Das Meitli het eifach chli wöue plappere.

Und d Mueter het zwüschine mit emne «Aha» oder emne «Jä so» z verschtoh ggä, dass si no gäng zuelost.

Was ds Ching aus verzöut und gfrogt het, wüssti hütt nümm.

Aber de het das chliine Meitli, bevor d Routräppe fertig isch gsi, e Frog gstöut, wo eim sofort häuhörig het gmacht:

«Mammi, weisch no früecher?», hets gseit.

D Frog isch offebar nid ane konkreti Erinnerig bbunge gsi.

Es isch ender so öppis wie ne Mischig gsi, e Mischig zwüsche Frog und Feschtstellig.

Und ou wenn i aues angere, wo das Ching dörte gseit het, scho lengschtens vergässe ha, isch mer das einte chliine Sätzli, das säubschtverständlech formulierte, fasch chli melancholische «Mammi, weisch no früecher?» i beschter Erinnering bblibe.

So öppis vergisst me nid, wöus eim doch immer komisch dünkt, wenn es chlises Ching seit «Weisch no früecher.»

Das isch doch eifach e Satz, wo nid würklech zum

Repertoire vo mene chliine Ching passt und drum nimmt me sofort aa, das sig eifach e Satz, wos a de Grosse nocheplapperet.

Aber worum eigetlech? Worum söu es chlises Ching nid chönne sägen und meine: «Weisch no früecher?»

Sobau dass men uf d Wäut chunnt, het men jo e Vergangeheit.

Die Vergangeheit isch zwar am Aafang no sehr churz, aber si wird immer lenger.

Und we me vieri oder föifi isch, het die eigeti Vergangeheit immerhin scho nes paar Johr lang dduret.

Und sogar wenn das Ching mit «früecher» wahrschiinlech nume grad der vorder Tag meint, hets zwifulos glich fescht ds Rächt, wie mir Aute, zwüschinne chli nostaugisch z wärde.

E Motor am Rügge

Ungerdesse gseht me jo überau die Motoregebläse, wo me sech a Rügge cha montiere, und ir Hang het me nächär so ne Schluch und voren a däm Schluch chunnt e Luftstrauh use.

Wie gseit, me gseht sen afen überau, aber vor auem ghört me se, wöu si lüter si, aus jedes frisierte 2-Gang-Töffli ohni Uspuff.

Bis vor churzem hei sech vor auem d Strossewüscher oder d Schueuhuus-Abwärt so ne Höllemaschine müessen a Rügge hänke, für ds Loub zämezblose.

Drum isch dä Rieselärme saisonau beschränkt gsi ufe Herbscht.

Aber mittlerwile gits zum Bispüu im Bärggebiet ou e Summersaison für motorisierti Trag-Gebläse, wöu d Bärgpure tüe mit dene Maschine ds Höi zämeblose, was offebar vüu schnöuer und vüu gäbiger geit, aus wenn si müesste rächele.

Mir Städter, wo no nie ghöiet hei und wo eigetlech d Bärgen ender aus en Art natürlechi Chill-Out-Zone mit Albert-Anker-Panorama aaluege, si natürlech jetz i menen innere Clinch.

Wöu einersits wüsse mer jo, dass es d Bärgpure brucht, und dass die froh si um jedi Erliechterig vo ihrere stränge Püez, aber angerersits wette mer wenigschtens denn, we mer mou am Wuchenänd i d Bärgen ufefahre, vo däm Lärme chönne flüchte, won is scho die ganzi Wuche ploget.

Drum han is eigetlech no begriffe, wo der anger Tag e Tourischt am ne Bärgpur het gseit, är söu doch bitte wenigschtens übere Mittag mou dä Motor chli abstöue.

Und wo der Pur ddüttet het, är verstöng nüt,

isch der Feriegascht chli lüter worde:

«Der Motor, der Motor, der Motor mou abstöue!»

«Müesst entschuudige, aber i verstoh kes Wort!», het der Pur gseit, wo ner ändlech het abgstöut gha.

«Das isch eifach wahnsinnig lut!», het der Psuecher gseit.

«Es geit», het der Pur ganz ruhig gantwortet, «wenn der so schlächt ghöret wien ig, de merket er fasch nüt.»

Öuterwärde

«Läck doch mir, het dä aut usgseh!»

Die, wo das gseit het, isch vilecht zwänzgi gsi und ihri Kollegin vermuetlech äbefaus.

Und dä, wo si vo nim gredt hei, dä het me nümm gseh, wöu er scho grad ume Huuseggen isch verschwunde gsi.

«Uuuuraut het dä jetz usgseh! Weisch wie! Dä isch mou mi Dütschlehrer gsi, im KV, sithär han i ne sicher zwöi Johr nümm gseh und jetz gseht dä plötzlech söfu wahnsinnig aut us.»

Wien er de vorhär heig usgseh, het d Kollegin wöue wüsse.

«Nid wahnsinnig», het die angeri gseit, «eifach ender normau.»

Komisch, si heig vorhär der Iidruck gha, dä gsäch immer no zimlech normau us.

«Normau scho, aber aut! Extrem ggautet het er! Mann, du stöusch der nid vor, wie dä ggautet het!»

Vilecht sig er chrank, het disi gseit.

«Das glouben i nid, nei, chrank nid, e chranken Iidruck het er nid unbedingt gmacht. Numen eifach aut gseht er us, i meine jetz, im Verglich zu vor zwöine Johr zum Bispüu. Wöu weisch, denn im KV, denn isch er würklech no cool druffe gsi. Mir si gärn zue nim i ds Dütsch. Und dass er eim no kennt uf der Stross, isch jo ou nid säubschtverständlech, wenn der überleisch, wie mängi Klass dass dä het.»

Jo, si heig nen ömu vori ou rächt nätt gfunge, het d Kollegin spontan gseit.

«Gäu! Är isch würklech no nätt. Drum bin i jo so gschocket, dass er derewä ggautet het.»

Wie aut dass er de eigetlech sig, het d Kollegin wöue wüsse.

«I weises säuber nid genau», het die Erschti gseit, «Mitti drissgi vilecht – oder Ändi drissgi, höchschtens. Aber vorhär, won i ne aagluegt ha, het er usgseh wie ne Vierzgjährige, aber krass!»

Wi ne Samariter

Ob i nim chöng säge, wien är usgsäch, het mi der Fredi unverhofft gfrogt.

«Normau», han i gseit und worum dass er frogi.

Ob är nid e chli usgsäch wi ne Dokter, het er wöue wüsse.

«Wie ne Dokter? Das dünkt mi jetz eigetlech nid unbedingt. Nei, für mi gsehsch würklech nid us wie ne Dokter, ender eifach normau.»

Und de hei mer lang drüber gfilosofiert, wi eine müessti usgseh, wo usgseht wi ne Dokter.

D Sach isch nämlech die:

Ei Tag sig der Fredi ir Isebahn ghocket, wo ner plötzlech ghöri, wie eine sägi:

«Weisch Lisbeth, sit i die Problem mit em Härz ha, luegen i immer druf, dass i ir Nöchi vo öpperem Platz nime, wo usgseht, wie wenn er medizinisch chli drus chiem. I wott eifach möglechscht chönne druf zöue, dass mer öpper chönnti häufe, wenn i e Härzattacke hätt.»

Der Fredi heig im Wagen umegluegt und gmerkt, dass är – abgseh vo dere Lisbeth und däm Härzpatiänt – wit und breit der einzig Passagier sig gsi.

Usgrächnet är, wo lengschtens aus vergässe heig, was er einisch im Nothäuferkurs heig glehrt gha, usgrächnet är, wo ke Bluet chöng gseh und scho fasch ohnmächtig wärdi, wenn er d Unfaumäudigen ir Zitig läsi; usgrächnet är wärdi vo frömde Lüt aagluegt wie eine, wo medizinisch uf der Höchi sig.

E söttigi Verantwortig chöng är eifach nid uf sech näh, het mer der Fredi gseit. Und drum sig er jetz wahnsinnig froh, dass i nim heig chönne bestätige, dass er nid usgsäch wie ne Dokter.

Nei, wie ne Dokter gsächer würklech nid us, han i zum Fredi gmacht, aber jetz won i ne no mou chli genauer aaluegi, müess i doch ou säge, dass er vo sire ganzen Art här, chli, chli öppis vom ne Samariter heig.

Landeswappe

Der Wale het verzöut, är heig sech chürzlech bim Isebahnfahre ggachtet, dass e Kondüktör eso chlini Landeswappe heig am Namensschüud montiert gha, eis es Dütsches, eis es Französisches und de no das vo Grossbritannie.

«I nimen aa», het der Wale no gseit, «dass dä Kondi mit däm het wöue klarmache, i welne Sproche, dass är sech chöng ungerhaute.»

Mir heinis de gfrogt, ob das mit de Landeswappen am Namesschüud e nöii Dienschtleischtig vor SBB sig oder ob dä Kondüktör wo der Wale het gseh, die Idee säuber het gha.

«Spüut ke Roue, isch so oder so sehr guet», het der Wale gfunge, «wenn i Kondi wär, de miechi das jedefaus ou. Aber i würd das Syschtem sicher no verfiinere!»

«Wie de?», hei mer wöue wüsse.

«I würd oben am Name die Wappe vo dene Sproche häre tue, won i säuber cha reden und unger am Name würdi die Wappe vo dene Sproche häre tue, won i zwar nid cha rede, aber won i guet verstoh.»

Das sig i sim Fau jo eifach, hei mer zum Wale gseit. Obe ds dütsche Wappe heissti de: «Ich kann Deutsch.» Und unge ds dütsche Wappe heissti: «Ich verstehe Deutsch.»

Meh bruchis jo bi sine beschränkte Frömdsprochekenntnis vermuetlech nid.

Mir heige ne schöni Ahnig! Het der Wale sofort gseit, obe heige mer rächt, obe gubs bi ihm nid mängs Wappe aazmache, wöu är chöng tatsächlech nume Dütsch.

Aber unge, unge würder mängs Wappe chönne montiere, wöu verstoh, verstoh tüeg er fasch aues.

«Das nuhm üs scho no Wunger, Wale, was du für Landeswappe chönntsch unger a ds Namesschüud tue, du versteisch doch kener angere Sproche.»

«He, nid Landeswappe, Bursche, Kantonswappe, e Huufe Kantonswappe würdi dra mache!»

Amerikanisch wähle

Es isch i som ne Grey-Hound-Bus gsi, ar amerikanische Oschtküschte.

Dä näbe mir, der Danny, e hagere Tuechhändler vo Springfield, het wöue wüsse, won i här chöm.

«Switzerland», han i gseit und är het gnickt und het mi chli über das Switzerland afoh usfroge. Ob mer e guete Presidänt heige, het er irgendeinisch wöue wüsse.

Mir heige ke Presidänt, auso, das heissi, mir heige scho eine, aber glich nid würklech, wöu eigetlech sig der Presidänt eifach eine vo sibe, auso eine vo sibe Glichberächtigte und de wärdi au Johr vom Parlamänt eine vo dene Sibe bestumme, wobi aber di angeren äbe wie gseit glich vüu z säge heigen und das göng so im Chreis ume, bis aui sige dranne gsi und de föngs wieder voren aa.

I weis nümm, wie dass i das uf Änglisch aus ha zämebrocht, aber der Danny, mi amerikanisch Mitpassagier, hets gloub einigermasse begriffe.

Numen öppis het nim nid i Chopf ine wöue: Für was dass mer de i däm Switzerland göngi go wähle, we mer nid emou e Presidänt chönge wähle.

Mir wähli äbe au vier Johr ds Parlamänt, han i nim no mou gseit und die luegi de nächär für e Räschte. Und ussertdäm chönge mer no di ganz Zit abstimme im Dorf, im Kanton und im Land.

Auso ihm, het er gseit, ihm würd das nid länge. Är

müess si Presidänt säuber chönne wähle, nume wenn är si Presidänt chöng wähle, heig er ds Gfüeu, är heig aus Bürger öppis z säge.

Was er de miech, wenn nid dä gwäuht wärdi, won är heig wöue, han i wöue wüsse.

De reg er sech vier Johr uf und nächär wähl er wieder dä, won är wöu und wenns wieder nid klappi, reg er sech wieder vier Johr uf und so witer.

«Aha», han i denn nume gseit. Aber jetz im hingerdri nuhms mi natürlech scho wahnsinnig wunger, ob der Danny dasmou richtig gwäuht het, oder ob er sech grad wieder vier Johr lang am Ufregen isch.

Di Wäutschi

«Gloub mers doch! Es isch e Wäutschi vo Lausanne!», het eine gseit.

«Nei, ke Wäutschi, ke Wäutschi, e Französin!», het der anger gseit.

«Nei, e Wäutschi, ganz sicher e Wäutschi!»

«Nei, gloub mers, e Französin!»

«Hör uf, si isch wäutsch, i weiss doch, dass si wäutsch isch, si chunnt vo Lausanne.»

«Aber wäge däm isch si glich Französin!»

«Nei wäutsch, sicher, es isch e Wäutschi, i wette mit der!»

«Und ig, i säge der, dass i weiss, dass es ke Wäutschi isch, e Wäutschi ganz sicher nid! Ou z Lausanne si nid aui wäutsch!»

Es isch ewig so hin- und härggange, e Wahnsinn! Totau gränzwärtig. Es het eim ddünkt, dä Dischput wöu nie meh es Ändi näh.

Der ganz Spiiswage het mitgfieberet und die beide hei nümm ufghört. Wäutsch, nid wäutsch, wäutsch, nid wäutsch, wäutsch, nid wäutsch, es ändloses Hin und Här, bis de ändlech eine weichgchlopfet isch gsi und gfrogt het:

«Spüuts e Roue?»

Me het scho chli ghoffet, mit deren eifache Frog sig ds Problem ändlech vom Tisch, aber das isch en Irrtum gsi.

«Nei, es spüut ke Roue. Aber es isch garantiert ke Wäutschi!»

«I kenne se scho lang, i weiss doch, dass es e Wäutschi isch!»

Es isch würklech so witerggange, bis der Zug isch aacho. Im Bahnhof han i de die beide Stürmicheiben us den Ouge verlore. Guet, es isch mi jo sowieso nüt aaggange. Ha nid emou en Ahnig gha, vo wäm dass si gredt hei und worum dass si si druf cho. Und ehrlech gseit nimmts mi ou gar nid eso fescht wunger, um wän dass es ggangen isch, me kennt jo süsch scho gnueg Lüt, wo me gar nid unbedingt möchti kenne.

Aber obs jetz e Wäutschi isch oder doch e Französin, das hätt mi zletscht irgendwie glich no aafoh interessiere.

Nume mit den Ouge

«Buebe, tüet mit den Ouge luege, nid mit de Finger!»

Won i letscht Wuchen im Radiogschäft e Verchöifere ha ghört dä Satz säge, han i chli für mi müesse schmunzle, wöu mer der Dänu und der Padi und der Wernu und der Mirko si i Sinn cho.

«Buebe, tüet mit den Ouge luege, nid mit de Finger!»

Das isch der Standardsatz gsi vom Herr Zysset, wo über sim Name ds Wort «Rayonleiter» am Namesschüud het aagschribe gha und ir Radioabteilig vom grosse Warehuus bi üs im Dorf het müesse druf luege, dass mer d Sach nid kabutt mache.

Di Stereo-Kassetterecorder - denn no ohni CD-Wächsler - si für üs Schueubuebe ds Gröschte gsi.

Und wenn mer am Nomittag frei hei gha, de si mer mängisch stundelang um die Grät umegschlichen und hei aues usprobiert, hei bi jedem Grät jede Chnopf drückt und jedes Hebeli mehrmous hin- und härgschobe.

«Buebe, was han i gseit? Tüet mit den Ouge luege, nid mit de Finger!»

Mir hei dä Satz ghasset und dä Herr Zysset, dä isch nis mindischtens söfu uf d Närve wie mir ihm.

Sit denn si meh weder drissg Johr vergange, d Ungerhautigselektronik het e riesigi Entwicklig mitgmacht, d Wäutcharten isch nöi gschribe worde, d Schwiz isch ar UNO biiträtte, so Hightech-Züg wi d Gratiszitige, d iPods und ds E-Mail si erfunge worde, d Zwillingstürm si iigstürzt, Amerika het e schwarze Presidänt, der PC und ds Handy hei sech düregsetzt aber das einte Sätzli:

«Buebe, tüet mit den Ouge luege, nid mit de Finger!», das het sech offesichtlech dür au di Veränderige düre möge häbe, es ghört unveränderet zum Standard-Repertoire vom engagierte Verchoufspersonau.

Und won i mer das überleit ha gha, het mi en eigenartigi Sympathie erfasst für dä Herr Zysset und aui sini Pruefskollege und i wett däm Herr Zysset merci säge, für sini pädagogischi Hartnäckigkeit, für das ewig hautbare:

«Buebe, tüet mit den Ouge luege, nid mit de Finger!»

Ihri Stimm

Der Beno heig z Züri e Termin gha. Auso sig er mit em Tram vom Bahnhof wägg gfahre, wo d Stimm us em Lutsprächer heigi gseit: «Central».

Är heig di Stimm kennt, sig praktisch sicher gsi und är heig zu sich säuber gseit: «I gloubes nid! Das isch doch d Lotte gsi!»

Die Lotte heig bis vor churzem no mit ihm uf der Bank gschaffet, ir glichen Abteilig. Und är, der Beno, är heig kei Ahnig gha, dass d Lotte, nachdäm dass si vor Bank furt sig, e Stöu aus Sprächere für di Durchsagen uf de Zürcher Tramlinie heig aagnoh.

Bi jedere Hautstöu heig er glost und spötischtens bim Bellevue heig er ke Zwifu meh gha.

«Bellevue», heig d Lotte gseit, würklech, es sig eidüttig ihri Stimm gsi.

Und wöu är ihri Handynummere no heig gspicheret gha, heig er grad aaglütte und wo si abgnoh heig, heig er sofort gseit: «He Lotte, säg einisch Bellevue!»

«Bellevue?» Heig si gfrogt.

«Jo, säg einisch Bellevue, aber nid frogend, ender bestimmt.»

«Worum?», heig si wöue wüsse, «wieso sött i grad jetz Bellevue säge?»

«I ha di ghört Lotte. Bi grad z Züri im Tram ungerwägs und ha dini Stimm vorhär ghört! Us em Lutsprächer!»

«Sicher nid!», heig d Lotte gseit, «wüsst nid, worum, dass mini Stimm z Züri im Tram us em Lutsprächer sött cho.»

Si heig aues abgstritte und sithär frog er sech jedes Mou, wenn er z Züri im ne Tram ar Lotten ihri schöni, aagnähmi Stimm us em Lutsprächer ghöri, worum dass si nid derzue wöu stoh.

Möglecherwis sigs jo würklech nid d Lotte gsi, han i mi getrout z säge.

Aber das het der Beno nid wöe lo gäute: Eine wien ig, wo weder vor Lotte no vom Bellevue en Ahnig heig, sötti zu däm Thema gschider schwige, het er mer gseit.

Isch guet Beno, isch guet, i schwige.

Ds Buech

I weiss nümm genau, wenn dass es aagfange het. Der Pesche nimmt auben am glichen Ort wien ig Znüni. Und irgendeinisch het er vo däm Buech verzöut. Ob is kenni, het er gfrogt. Es sig super. I müess es unbedingt läse. Är heig sofort a mi ddänkt, won ers gläse heig. Es sig es Buech, wo genau zu mir passi.

Vo denn aa het das nie meh wöuen ufhöre. Gäng, wenn i ne gseh ha, het er wieder vo däm Buech aagfange. Är heigs grad nid bi sech, aber ds nöchschte Mou, wenn er mi träffi, gäb er mers. Mou, sicher. I müess es unbedingt läse. Es gfau mer, är wüssis, sig hundertprozäntig es Buech für mi.

Das geit jetz scho sit mehrerne Wuchen eso. I go go Znüni näh. Der Pesche hocket dört. Und de foht er grad wieder vo däm Buech aa. I söu nim d Adrässen ufschribe, seit er, är tüeg mers de i Briefchaschte. Aber nächär vergisst ers wieder, bis er mi ds nöchschte Mou gseht. Und de geits grad wieder los:

«Das Buech muesch läse! Das passt totau zu dir!»

Wenn i wott wüsse worum, seit er, är chöngs nid säge, i müess es eifach läse, de gsäch is, de merki de sofort, was er meini.

Zersch bin i no rächt nöigierig gsi. Ha mer sogar überleit, ob i mer das Buech söu go choufe und ha nim gseit, är söu mer dä Titu ufschribe. Aber der Pesche het gseit, sig nid nötig, är bring mers, i müess es nid choufe, nume läse müess is de unbedingt.

Ungerdesse dünkts mi, das Buech wärdi zure Belaschtig. Der Pesche bringts nie. Und i ha ehrlech gseit ou gar nümm so Luscht, das Buech z läse.

Was machen i, wenns mer nid gfaut? Was sägen i de am Pesche, wo immer seit, es müess mer gfaue?

Vilecht het är sech das ungerdesse säuber ou überleit. Vilecht vergisst ers wäge däm immer mitznäh. Der Pesche het das Buech söfu lang schöngschnorret, dass es äuä besser isch, wenn is nume vom Ghöresäge kenne.

Aus angere miech d Illusion kabutt.

Fahrverbot

Der Hene heig chli pressant gha. Nimmt er auso mit em Velo ir Stadt en Abchürzig. Ds Problem sig nume gsi, dass dörte, won är abgchürzt heig, eigetlech es Fahrverbot sig.

Prompt sig grad e Polizischt dört gstange und heignen usegwunke. «Ou, ou, ou, nid guet!», heig der Hene no zue sech säuber gseit, «jetz hesch ds Gschänk. Das choschtet äuä im Minimum e Zwänzgernote!»

Är heig afen aaghauten und dä Polizischt schuudbewusst wöue grüesse, won er gmerkt heig, dass dä Polizischt, wo ne do usegwunke heig, en aute Bekannte sig, eine wo vor Johre mit ihm zämen im Turnverein sig gsi.

«Eh lueg jetz aber das aa! Sälu Hanspi!», heig er grad zue nim gmacht, «das gits jo gar nid! Säg mou Hanspi, bisch du jetz bir Polizei? Hesch nid aube no ire Bäckerei gschaffet?»

Beck-Konditer, das sig früecher gsi, heig dä Hanspi gseit, aber ungerdesse heig er d Polizeischueu gmacht, sig auerdings ou scho vier Johr här.

«Super Hanspi! Gratuliere! Das isch Züg, im Polizeikorps! Das isch sicher nid grad nüt gsi, di Polizeischueu, oder?»

Nei, eifach sigs scho nid gsi, heig dä Hanspi gseit, aber es heig sech glohnt. Momou, es gfau nim guet bir Polizei, vüu Verantwortig, aber ou e dankbari, abwächsligsriichi Püez.

«Obenuse Hanspi, Chapeau, das isch Musig!», heig der Hene no gseit, und dass s nim würklech leid tüeg, dass er dasmou nid lenger Zit heig zum Ploudere. Aber är sig äbe chli im Stress und vilecht es angers Mou und «Tschou Hanspi» und «Machs guet» und «Heb der Sorg Hanspi». Und scho siger furt gsi.

Dä Hanspi sig non e Momänt a däm Egge gstangen und heig wahrschiinlech drann umegstudiert, wieso dass er eigetlech der Hene heig usegwunke gha.

Aber wos nim i Sinn sig cho, sig är, der Hene, scho über aui Bärge gsi, het er mer verzöut.

Eso heig er mindischtens zwänzg Franke chönne sparen und heig erscht no eim e Fröid gmacht.

Wo häre tue?

Chürzlech im Tessin bim Bade bin i eim begägnet, wo ni vom Gseh här gkennt ha. Dummerwis han i grad nümm gwüsst, wo dass i ne mues häre tue oder wie dass er heisst.

I ha nim de afe mou fründlech «Sälu» gseit und är het zrügg ggrüesst.

Das passiert mer öppe no, han i ddänkt, dass i zum Bispüu bim Baden öpper triffen und nächär grad nid weiss, wohär dass i di Person kenne.

D Froue vom Bahnhofkiosk zum Bispüu, di kennen i aui. Aber i kenne se nume, wenn si im Kiosk hinger den Uslage stöh. Würd i nen im Freibad begägne, de würdi se zwar scho grüesse, aber i chiem nid druf, wär si si.

Und äbe wi gseit, de bin i auso im Tessin a däm Strand und grüessen eine, eine wo vilecht i mim Quartier wohnt oder i mire Stammbeiz verchehrt oder wo mit Fründe vo mir befründet isch. I ha nocheddänkt und nocheddänkt, aber es het mer bim beschte Wüue nid wöuen i Sinn cho.

«Geits guet?», han i ir Verlägeheit inne no gfrogt und är «merci, nid schlächt. Und wi geits dir?», «Gäng wi gäng!», han i gseit.

Sis souveräne Lächle han i so interpretiert, dass är vermuetlech ganz genau gwüsst het, wär i bi. Auso han i mer überleit, i dörf mer jo nid lo aamerke, dass i immer no am Grüble bi.

Wenn i witer e chli Smalltalk mache, de chunnts mer

de plötzlech i Sinn, han i mer iigredt und de zu ihm: «Was macht der Job?» - «Das chunnt de us», het er gseit, «vorbereitet bin i jedefaus nid schlächt.»

Di Antwort het mer gar nüt witerghoufe und erscht, wo nes paar Ching zu ihm si go nes Outogramm verlange, merken i, dass er e berüehmte Schiirennfahrer isch, dass auso numen ig ihn kennt ha, aber är mi sicher nid.

Mit dene cheibe Schiirennfahrer isch es äbe genau wi mit de Froue vom Bahnhofkiosk: Wenn si am schaffe si, de weiss i, wohär dass i se kenne, aber chuum gö si go bade, han i es ärnschthafts Problem.

Mini Begleitig

Einisch z Dütschland, imene Hotel, han i wöue go Zmorge näh.

Chumen i i dä Ruum, wos Zmorge-Buffet steit. I stoh no unschlüssig ume, wo d Chäunere zue mer seit: «Guten Tag, Ihre Zimmernummer bitte.»

Sägen i mini Zimmernummere, seit si: «Sie sind zu zweit?», und zeigt uf ne Frou, wo grad hinger mir isch inecho und scho uf nes freis Tischli zuestüüret.

Nei, sägen i, i sig alei, di Frou ghöri nid zu mir.

D Chäunere reagiert nid uf min Iiwand. Si frogt, was es z trinke dörf si. «Kaffee, bitte», sägen i.

«Und die Dame auch Kaffee? Also zwei Mal Kaffee?» – Nei, versuechen i no einisch klarzstöue, i sig nid z zwöit, i sig aleini. Aber d Chäunere isch scho furt, lost gar nid zue.

I setze mi a nes Tischli, alei, und wo d Chäunere mit em Kafi chunnt, e grossi Channe, luegt si mi frogend aa: «Und die Dame, mit der Sie gekommen sind? Ist sie schon wieder weg?»

I sig würklech mit niemerem cho, sägen i scho fasch chli verzwiflet. I sig alei im Hotel, sig alei aagreist und chöm alei cho Zmorge näh.

Komisch, seit d Chäunere, si heig doch gseh, dass i i Begleitig sig cho Zmorge näh. Aber wenn mini Begleitere – us welem Grund ou immer – nid mit mir wöu Zmorge näh, de sig das natürlech ihres guete Rächt, do wöu si sech säubschtverständlech nid iimische.

Nei, sägen i no einisch, das sig nid mini Begleitig. I kenni di Frou nid, ig, i sig nume rein zuefäuig fasch glichzitig i Zmorgeruum inecho. Das sig aues. Meh gäbs zu däm nid z säge.

«Sind si wirklich ganz sicher?», frogt mi d Chäunere.

Das sig drum ir Hotellerie es bekannts Phänomen, dass Lüt z zwöit ungerwägs sigen und meini, si sigen alei.

«Aha», han i gseit, das heig i jetz no nie ghört, aber wenns eso sig, de wöui gärn no einisch drüber nochedänke.

Outonomie

D Heidle het gseit, si müess no go Sigerette choufe. Worum dass si de gäge dört loufi, han i se gfrogt, der Kiosk sig doch genau ir angere Richtig.

Nei, si göng drum nid zu däm Kiosk, si göng a Bahnhofkiosk, het si gseit.

Aber wieso de zum Bahnhofkiosk? Das sig doch e riesigen Umwäg.

Das scho, het d Heidle gmacht, aber si mög nümm zum Quartierkiosk. Jedes Mou, wenn si dört häre chöm, heig d Kioskfrou scho ihri Sigeretten ir Hang.

Das sig doch fründlech, han i gseit, das sig doch ufmerksam, das sig doch Chundebindig, das sig doch der Bewis, dass di Kioskfrou immer mitdänki und ihri Stammchundschaft kenni. Di Kioskfrou wüss äbe ganz genau:

«Aha, dörte chunnt d Heidle, die chouft es Päckli so und so.»

Äbe und genau wäge däm wöu si nümm zu däm Kiosk, het mer d Heidle gseit, die Vertroutheit passi ihre nümm.

I verstöng se nid, han i ar Heidle gseit. Schliesslech göng si doch aube tatsächlech wäge dene Sigerette zum Kiosk und de sigs doch schön und praktisch, wenn d Verchöiferin ihres Päckli scho parat heig.

Aber vilecht wöu si jo einisch öppis angers rouke, het d Heidle gseit.

«Eh, was ächt!», han i zue re gmacht. «Hör uf, i kenne di

scho so mängs Johr und du rouchsch immer genau di glichi Margge. Du wosch mer doch nid verzöue, wöusch d Margge wächsle.»

Nei, natürlech wöu si nid d Margge wächsle, het d Heidle gseit.

Ob si de wöu ufhöre rouke?

Nei, das ou nid. Ds Einzige, wo si wöu, sig a Kiosk chönne z go und gäng wieder vo nöiem chönne z säge, was si wöu. Und ou wenn si johrelang jedes Mou hoorgenau ds Gliche choufi, wöu si immer wieder säuber chönnen entscheide, dass si genau das choufi.

Es sig nid wäg de Sigerette, es sig wäge der Outonomie.

Ruehwage

Denn a däm Tag bin i mit em Chrigu ungerwägs gsi. Der Chrigu, das isch e kommunikative Typ. Mit ihm het me gäng gnue spannende Gsprächsstoff.

Mir stigen i Zug ii, mir chömen i Wagen ine, der Chrigu verzöut mer grad e wunderbari Anekdote, do machts im Wagen inne: «Pschschschscht!»

Der Chrigu und ig, mir hei enang frogend aagluegt und de het er witerverzöut.

Aber chuum het er der nööchscht Satz gseit, ghöre mer us emnen angere Egge vom Wage wieder es strängs: «Pschschschscht!»

Mir si gäng no nid nochecho, hei aber afe mou gschwigen und Platz gnoh im Wage. Do piepset churz am Chrigu sis Handy, wöu es SMS isch inecho.

Sofort ghöre mer wieder es dütlechs «Pschschschscht!», nei, nid numen eis, mehreri!

Ersch jetze hei mer gmerkt, dass mer im ne Ruehwagen inne hocke, auso i eim vo dene Wäge, wo a jedem Fänschter so ne Chläber het, wo eim druf ufmerksam macht, dass das e Ruehwagen isch.

Das dünkt eim eigetlech e Superidee, so ne Ruehwage. Grad i üsere Zit, wo aues so lut und so hektisch isch, do cha me froh si, dass es nid numen im Botanische Garte, sondern ou ir Isebahn no so nen Oase vor Rueh git.

Wo aber denn der Chrigu und ig, nach au dene vile

belehrende «Pschschschscht!», mucksmüsli stüu im Ruehwage si ghocket und chli d Lüt beobachtet hei, do hei mer kener ruhige oder entspannte Gsichter gseh.

Im Gägetöu, aui Passagier im Ruehwage hei ganz en aagspannten, ganz e konzentrierten Iidruck gmacht.

Das sig eigetlech klar, het mer der Chrigu erklärt, wo mer ändlech dusse si gsi und wieder mitenang hei dörfe rede: «Weisch, im Ruehwage fahre nid die Lüt, wo Rueh wei, nei, nenei, im Ruehwage fahre die, wo ganz aagspannt druf warte, dass öpper d Husornig nid iihautet. Das isch der Trick vor SBB: Der Ruehwagen isch nid für die, wo d Rueh sueche, sondern für die, wo immer wieder gärn chli hässig driluegen und ‹Pschschschscht!› mache.»

Telefonnummere

Ar Bushautstöu hets e Huufe Lüt gha, aber di beide Drögeler het me problemlos us aunen angeren useghört. Si hei chli schleppend gredt und hei es Riese-Gliir abglo.

Är sig ke richtige Fründ, het der eint zum angere gseit, är lüti nim jo gar nie aa.

Das sig doch überhoupt nid wohr, het der anger gmacht. Ganz im Gägetöu! Är heig nim scho mängisch, scho extrem mängisch heig er nim aaglütte, aber bi ihm chömm jo aube nid emou e Combox.

«Was stürmsch?», macht der anger, «das cha gar nid si, du hesch vermuetlech e fautschi Nummere.»

«Spinnsch im Gring? I ha ganz sicher di richtigi Nummere! I ha ganz genau die Nummere, wo du mir hesch ggä.

«Sehr wahrschiinlech hesch se i däm Fau irgendwie fautsch notiert, i meine fautsch gspicheret.»

«Neeeei, hör uf, i ha se hoorgenau richtig han i se gspicheret, so win i se vo dir ha übercho, wart, wart, i säge der se grad.»

Der Bus isch cho. Dä, wo d Nummere het wöue ufsäge, isch iigstige, der Blick uf ds Handy, und ei Hang ar Stange.

Der anger isch dussen uf em Trottoir bblibe stoh.

Dä, wo im Bus isch gsi, het zur offene Türen us sim Kolleg afoh d Nummeren ufsäge: «Wart, i säg der se, lueg, do, do han i se: 0 – 7 – 8 …»

D Türe vom Bus isch zueggange. Der Bus isch losgfahre.

Eine isch dusse gstange. Der anger het im Bus inne d Nummere ufgseit, Ziffere um Ziffere, het immer gäge d Türe gredt und het langsam und konzentriert di Handynummere vo sim Display abgläse.

Won er d Nummere ändlech fertig het ufgseit gha, het er gäge d Türe gluegt oder gäge d Landschaft, wo hingerdranne verbigfahren isch. Und ersch jetze isch nim bewusst worde, dass ihm gägenüber nümm der Kolleg steit, sondern gar niemer, wöu doch der Bus scho uf der angere Site vor Lorraine-Brügg isch gsi, während der Kolleg gäng no e haube Kilometer witer hinge bir letschte Hautstöu isch gstange und am Bus het nochegluegt.

Zersch het me gmeint, däm Drögeler im Bus sigs piinlech, dass er do so aagsträngt e ganzi Handynummere het abebbättet, wo doch der Bus scho lang am Fahren isch gsi.

Aber ihm, ihm isch es gar nid piinlech gsi. Är isch ender hässig gsi und het eifach i ds Läären use gseit: «He, Fredu, i gloubes nid, chönntisch jo säge, dass de gar nümm do bisch!»

Kontroue

«Grüessech mitenang! Billiet und Charte vorwise, sit so guet.»

Fasch immer, wenn im Tram d Kontrollöre chöme, wird der eint oder anger Passagier chli närvös. Aber a däm Oobe si di wenige Lüt, wo im Tram si ghocket, ganz ruhig bblibe.

Ou di öuteri Frou mit em chliine Hung het seeleruhig ihres Abonnemänt zeigt.

«Und de der Hung?», het der Kontrollör gfrogt. Jo klar, der Hung müess ou es Billiet ha.

Chliitier ömu nid, heig si gmeint.

Chliitier scho nid, het der Kontrollör ganz ruhig erklärt. E Vogu im Chefig zum Bispüu oder e Hamschter bruch kes Billiet. Ou e Chatz chöng gratis mitfahre, aber e Hung, wo am Bode stöng, gäuti aus Passagier und müess es Billiet ha.

Sofort het d Frou das chliine Hündli zu sich ufe Schooss gnoh und erklärt, das sig e Chatz.

«Müesst mi doch nid zum Narre ha», het der Kontrollör gseit, aber me het genau gseh, dass er fasch e chli mues ds Lache verchlemme. «Wenn das e Chatz isch, de bin ig der Schah vo Persie.»

«Voilà, dir sägets grad, es isch e Perser-Chatz.»

Si söu nid so blöd tue, het är wieder ingsischtiert. Aber ungerdesse hei sech angeri Passagier iigmischt und hei bestätiget, das sig würklech e Chatz. Plötzlech isch Ussag gäg Ussag gstange und d Mehrheit vo de Lüt het d These vor Chatz ungerstützt.

Natürlech hei au zämen eidüttig gseh, dass di Chatz nie im Läben e Chatz isch. Aber es isch gsi, wie wenn me sech druf geiniget hätt, dass das Hündli i däm Momänt, wenigschtens für die Billiet-Kontroue, e Chatz dörf si.

Der Kontrollör het begriffe, dass es äuä psychologisch günschtig wär, sech ar Mehrheit z füege. Är het de tatsächlech es Oug zuedrückt und d Chatz het zum Dank fründlech kläffet.

Laschtwage

Es isch e sehr en ängi Autstadt-Gass gsi. Eini vo dene Gasse, wo zu re Zit si planet worde, wo no niemer het chönne wüsse, dass es de vüu spöter irgendeinisch derewä riesegrossi Laschtwäge chönnt gä.

Und de hets denn i deren änge Gass, wo süsch nume Tourischte flaniere und höchschtens ab und zue öpper mit em Velo dürefahrt, e Boustöu gha. Auso het mou e sehr e breite Laschtwage hingerzi dür di ängi Gass müesse fahre.

Dä Laschtwagen isch so breit gsi, dass es zwüsche de Hüserreihe linggs und rächts und em Laschtwage höchschtens no nes paar Zentimeter Luft het gha.

Der Krach vo däm Laschtwagemotor het eim fasch Angscht gmacht. Die meischte Passante si ömu, dass si möglechscht schnäu zu dere Gass us chöme, für däm Laschtwage Platz z mache. Ig nid, i bi i ne Husiigang ine gstange. Die riesige Räder vom Laschtwage si ganz, ganz nöch vor mir düre.

Langsam aber stetig isch das schwäre Unghüür im Rückwärtsgang a mir verbigrouet. Mi hets ddünkt, me gspüri, wi der Bode chli zitteret. Söfu mängi Tonne Chraft, wo sech söfu langsam a eim verbi bewegt, das isch beängschtigend, aber glichzitig ou zimlech faszinierend gsi.

Und wo nächär der Laschtwagen ändlech a mir verbi isch gsi, aber immer no sehr langsam und sehr vorsichtig isch gfahre, luegen i ufe und gseh der Fahrer, wo absolut konzentriert i d Rückspiegle luegt.

Das isch e richtige Höud, han i no für mi ddänkt, eine wo mit so mene Koloss uf acht Räder derewä präzis cha hingerzi fahre, ohni z touschiere, dä cha öppis. Chapeau!

I ha a mini eigete, zimlech manguhafte Fahrkünscht müesse dänke und bi bereit gsi, dä Laschtwageschofför bedingigslos z bewundere.

Aber do gsehn i, das ungen ar Windschutzschibe so nes Namesschüud montiert isch, wie mes bi Laschtwageschoffören öppe no gseht.

«Schnugi» isch druffe gstange, das muesch der vorstöue, «Schnugi»!

Und ig, i ha mi müesse froge, wien i jetz eine no söu chönne bewundere, wo sech offebar Schnugi loht lo säge.

Mundartpolizei

Mängisch gits Lüt, wo sech söfu fescht Sorgen um di richtigi Sproch mache, dass si ständig d Antenne dusse hei, zum sofort chönnen iischritte, wenn nöimen öpper e Fähler macht.

Grad eis Mou het mers wieder einisch eine möge säge!

I heig «zwöi» gseit, im ne Zämehang, won i «zwe» hätt müesse säge. Es heissi gäng no «zwe», wenn vo öppis Männlechem d Red sig. «Zwe Munine», «zwe Püffle!» – «zwe», «zwe» und nid «zwöi»!

Das sig guet, han i gseit, merci, i heigs begriffe. Das müess är mir nid zwe Mou säge.

«Zwöi!», seit er, «zwöi!», es heissi «zwöi Mou!». Es Mou sig sächlech, auso chöng me unmöglech «zwe Mou» säge, korräkt sig usschliesslech «zwöi Mou».

Sorry, sorry, sorry sägen i, es tüeg mer auso leid,

dass i mer jetz i söfu churzer Zit scho zwöi Blössine heigi ggä.

«Zwo Blössine!», korrigiert er fasch reflexartig. Wenns um öppis Wiblechs göng, heissis immer no «zwo», «zwo» und nid «zwöi».

I däm Fau heig i jetz, wenn i aues richtig zämezöui, sogar scho drü Fähler gmacht.

«Nei!», seit er, «äbe grad nid!», es heissi nid «drü Fähler!», sondern «drei Fähler!», der Fähler sig männlech, do dörf me niemous «drü» säge, nei, do sig nume «drei» korräkt!

Aha, voilà, merci fürs Häufe, sägen i zue nim.

Aber wenns eso sig, de spilis jo eigetlech gar nümm so ne Roue, ob i drü Fähler oder drei Fähler sägi, wöu ungerdesse siges jo sowieso scho vier Fähler. Auerdings wüss i jetz irgendwie fasch gar nümm, ob i ds Vieri allefaus ou no müesst dekliniere, han i gseit, wöu, faus me bi vier ou no ds Gschlächt müessti beachte, de wäres de unger Umstäng sogar scho föif Fähler oder allefaus «füüf» oder je nach Region und Vorliebi «föööf» oder «fiif».

Mi Mundartpolizischt isch dervogloufe oder dervoglüffe oder gschobe.

Jedefaus han i nüt meh chönne säge.

Aber wenn i no öppis z säge hätt gha, de hätt i nim gloub gseit, är söu am Bode bliibe, söus eifach easy näh.

«Easy» isch übrigens Änglisch und heisst uf Schwizerdütsch öppe ds Gliche wie cool.

Der truurig Chäuner

Z Wien, im ne traditionelle «Kaffeehaus», hets e Chäuner, wo immer usgseht, wie wenn er wahnsinnig truurig wär.

Im Umgang isch er nid truurig. Ab und zue macht er e witzigi Bemerkig, aber sogar, wenn er öppis Luschtigs seit, bhautet sis Gsicht e härzergriifend truurigen Usdruck.

«Die Herrschaften?», frogt der truurig Chäuner. Und de nimmt er d Bstellig uf. Är notiert nüt, bhautet aus im Chopf und vergisst nie öppis.

Gheit am ne Gascht es Haustuech a Bode, de bückt sech der truurig Chäuner und leit das Haustuech ufs Fänschterbrätt zrügg. Är macht das so diskret, dass es der Gascht meischtens nid emou merkt.

Me mues der truurig Chäuner nie rüefe. Es längt, we me churz Blickkontakt suecht. De chunnt er sofort, luegt eim truurig aa und frogt: «Der Herr?»

«Ein grosser Brauner.»

«Sehr wohl der Herr, ein blosser Gauner.»

Einisch, nachdäm dass i es paar Mou i däm Kaffeehuus bi ghocket, han i mer überleit, ob i dä Chäuner söu froge, was nen eigetlech plooget.

«Kann ich etwas für Sie tun?», hätt i ne zum Bispüuu chönne froge. Oder: «Gibt es etwas, was Sie bekümmert?»

Aber nächär han i ddänkt, dass dä Chäuner vilecht scho sit drissg oder vierzg oder no meh Johr i däm Lokau schaffet und dass er scho sit drissg oder vierzg oder no meh Johr eso truurig driiluegt.

Und wär bin ig, han i mi gfrogt, dass usgrächnet ig ds Gfüeu ha, i müess dä Chäuner us ere vierzgjährige Truur usehole, ere Truur, wo lengschtens zu ihm ghört wi ds wisse Hemmli und ds schwarze Gilet und ds grosse Portemonnaie ar Hüfte.

Auso han i nüt gseit, ha der Chäuner numen aagluegt und gwartet, bis er gfrogt het:

«Der Herr?»

«Die Rechnung bitte.»

«Das Schuldbekenntnis, sehr wohl der Herr», het er gseit und isch truurig zur Kasse gloufe.

Ersatzgoalie

Dä Bueb, vilecht öppen e Dritteler, het mi denn ar Bus-Hautstöu bir Gwärbschueu, wo mer uf e Zwänzger-Bus hei gwartet, eifach us em Nüt use gfrogt:

«Dir, wie gross sit dir?»

I ha nims gseit. Der Bueb het mi aagluegt, het e Momänt überleit, und de het er gstrahlet und gseit:

«Läck, de sit er jo ganz genau glich gross wi der Ersatzgoalie vo den Ouschtralier.»

Wie chunnt jetz dä Bueb usgrächnet uf en Ersatzgoalie vo den Ouschtralier, han i mi churz gfrogt.

Aber de isch mer i Sinn cho, wien ig auben aus Bueb mis Aubum mit de Schüttelerbüudli tagelang dürebletteret und gstudiert ha. Es isch mer i Sinn cho, wien ig denn ou gwüsst ha, wele Spiler, dass zu welem Land ghört und wie aut, wie gross, wie schwär und wie guet dass jeden isch.

Und obwouh dass das WM-Aubum, wo der Ersatzgoalie vo den Ouschtralier dinn isch, scho gar nümm richtig aktuell isch gsi, het dä Bueb vor Bus-Hautstöu di Informatione gäng no im Chopf mit sech umetreit.

D Grössi vom Ersatzgoalie vo Ouschtralie, das isch für ihn e Referänzgrössi.

Die Grössi vergisst dä Bueb wahrschiinlech nie meh.

I weiss zum Bispüu ou no, wie aut dass der Ersatzgoalie vo de Dütsche 1974 isch gsi, i weiss ou no, wien er gheisse het und i weiss no, dass er bi Borussia Mönchengladbach het gspüut.

Das isch für mi, wenn i mers hütt und dohie überlegge, es absolut sinnloses Wüsse, won i sit 1974 mit mer umeträge.

I hätt mer mängisch gwünscht, i chönnt die binomische Formle oder di latinische Deklinatione nume haub so guet im Chopf bhaute wie d Schütteler us mim Aubum vor WM 1974.

Aber je öuter dass i wirde, desto meh han i ds Gfüeu, dass es guet und schön isch, we me der Chopf voupackt het mit nutzlosem Wüsse.

Es hüuft eim zwar nid bim Rächne, aber derfür cha mes mängisch bruche zum sech chli orientieren uf der Wäut.

Für e Bueb ar Bus-Hautstöu bin ig vo jetz a immer dä, wo genau glich gross isch wie der Ersatzgoalie vo den Ouschtralier.

Und är isch für mi vo jetz a immer dä, wo sech der Luxus leischtet, unnötigi Informationen im Chopf z bhaute.

I gloube fasch, me sött ne rüehme für das.

Revolution

Z Buenos Aires, ime ne Park zmitts ir Stadt, isch bim ne chliine, chrumme Böimli e Pfoschte mit ere Bronze-Tafele gstange.

Uf dere Bronzetafele isch uf Spanisch und uf Französisch aagschribe, der Botschafter vor Französische Republik z Argentinie heig dä Boum im Johr 1989 ar Republik Argentinie gschänkt.

Es sig es Gschänk am 200schte Johrestag vor Französische Revolution und dä Boum mög d Fründschaft und d Verbungeheit zwüsche de beide Republike symbolisiere.

Guet, vilecht isch es nid ganz genau wörtlech eso gstange, aber ömu sicher ganz ähnlech.

Won i das gläse ha gha, hets mi chli verwungeret, dass das symbolische Fründschaftsböimli, das symbolische Revolutionsböimli so verchrüpplet, so unschiinbar und so düür isch gsi.

I chönnt nid emou säge, was es für ne Boum isch, sicher nüt, wo me bi üs normalerwis gseht, süsch hätt i ne kennt.

Uf jede Fau het me ke Spezialischt müesse si zum Vorussäge, dass das Böimli vermuetlech nümm lang z läbe het. Wo de hingäge di Bronzetafele a däm verzinkte Pfoschte vor em Böimli het usgseh, wi wenn si für aui Ewigkeit dörte würd stoh und vo däm nütigi Böimli möcht plagiere.

I bi de unger das Franzose-Böimli ghocket. Es het ke Schatte möge gä, zum Aalähne isch der Stamm z schmaau gsi, Vögu hets ou nid gha, Frücht ou nid, auso nüt, wo me sech vom ne Boum cha wünsche.

Wenn das Böimli d Fründschaft zwüsche dene beide Republike sött symbolisiere, han i für mi ddänkt, de isch mit dere Fründschaft nid bsungers vüu los.

Aber de isch grad der Gärtner vor Mittagspouse cho, het dä Pfoschte mit der Bronzetafele us em Bode zoge, uf d Schuutere gnoh und bi re schöne Bueche i Bode gsteckt.

Das sige d Ching, het mer der Gärtner gseit, di bruchi dä Pfoschte gäng aus Fuessbaugou, und är müess ne de aube wieder zum richtige Boum zrüggstöue.

Venedig

Am Dorffescht hets e Tombola ggä. Und eine, eine, won i guet kenne, het afe drü Lösli gkouft.

Eis isch e Niete gsi. Ds zwöiten äbefaus e Niete. Aber ds dritte, ds dritte, das isch e Träffer gsi!

«Sicher es Granium-Stöckli», hei mer zue nim gseit, «oder e Pfanneblätz oder so nes verzierts Chuchibrättli.»

Aber zletscht isch es nüt vo däm gsi. Nei, es isch der Houptpriis gsi, e Städtereis uf Venedig für zwöi Persone.

Der Gwünner het natürlech wahnsinnig Fröid gha! «Ou, Venedig, das tönt ganz guet!», het er gmeint, «uf Venedig han i scho lang einisch wöue.»

Aber won er nächär di Reis konkret het wöue plane, het er zersch ewig lang nid gwüsst, wän dass er aus Begleitig söu mitnäh. Nächär, won er das ändlech gwüsst het, het er e Bänderriss im Chnöi gha.

Wo das Chnöi wieder einigermasse guet isch gsi, het die Fründin, won er het wöue mitnäh, gseit, si wöu jetz glich nid uf Venedig.

Und wöu er uf das abe lang nüt meh het ungernoh, isch ds Güutigkeitsdatum vo däm Venedig-Arrangement irgendeinisch abgloufe gsi.

Es paar hei de gfunge, das sig eifach unglücklech gloufe. Angeri hei gseit, är sig säuber tschuud, wöu er so lang zögeret heig.

Uf jede Fau isch er de nie z Venedig gsi.

Das isch aues lang här. Und mängisch, wenn mer uf die Tombola z rede chöme, froge mer ne, ob ers eigetlech nid beröii, dass er denn di Frischt für sini Venedigreis so blöd heig verlaueret.

«Höret doch uf!», seit er de aube. «I ha nüt z beröie. Das muesch zersch einisch schaffe, drü Lösli choufe und grad e Reis uf Venedig gwünne.»

«Aber du bisch jo gar nid gsi!», säge mer de zue nim.

«Nei, i bi nid gsi, aber um das geits doch gar nid. Uf Venedig reise, das cha jetz jede, das isch nid so ne Sach. Aber mit nume drü Lösli e Reis uf Venedig gwünne, das söu mer zersch mou eine nochemache!»

Zuefau

Es git Lüt, die ghören im Autag e Name, irgend e Name, und scho froge si grad nach verwandtschaftleche Zämehäng.

«Jo was? Dir heisset Furrer? Dir sit aber nid zuefäuig öppe verwandt mit em Furrer Otti vo Visp?»

Sörigne Lüt cha me niemer vorstöue, ohni dass si grad – chuum hei si der Name ghört – irgend e mögleche Verwandte is Spüu bringe.

Guet, jetz cha me säge, das sig nüt Schlimms, im Gägetöu, es sig sogar no schön, wenn me so vüu Intrÿsse zeigt für d Mitmönsche.

Das isch jo ou schön, gar ke Frog. D Frog isch ender, was die Lüt nächär aube säge, wenn si bi eim vo tuusig tatsächlech e Träffer lande.

«Wie bitte? Dir heisset Geiser? Heiter zuefäuig öppis z tüe mit däm Geiser, wo früecher z Lotzwiu hinge Lehrer isch gsi?»

Was mache si, wenn de der anger seit:

«Jo, tatsächlech, das isch mim Grossvatter si Haub-Cousin. Der Lehrer Geiser vo Lotzu, genau. Dä han i aus Ching sehr guet gkennt. Aber 1979 isch er leider gstorbe.»

De isch doch das Gspräch ir Regu scho erlediget. He jo, was wott me no säge?

«Aha, das isch öichem Grossvatter si Haub-Cousin gsi? I ha drum mit däm no Aktivdienscht gmacht. Und dä isch öich tatsächlech verwandt, dä Geiser. Das isch jetz e Zuefau.

Jetz sit dir würklech wit usse mit em Lehrer Geiser vo Lotzu verwandt. Das gits jo nid.»

Äbe, was wott me süsch säge? Nüt? Me chönnt vilecht no chli über e Zuefau afoh philosophiere oder me chönnt erkläre, me heig dä Haub-Cousin vom Grossvatter möge.

Aber öppis Vernünftigs cha me nümm säge, wöu jo aus wos z säge git, sehr schnäu gseit isch.

Die wo eim, chuum het me der Name gseit, nach angerne Lüt froge, wo zuefäuig der glich Name hei, die wei kener Gschichte ghöre.

Di wei sech nume vergwüssere, dass es der Zuefau tatsächlech git und dass si am Zuefau immer wieder chöi begägne, wenn si nume gäng überau die richtigi Frog stöue.

Rätsu

Inere Beiz z Bärn hets eine, wo jede Morge e Haubstung härehocket und ds Chrüzworträtsu vor einte Zitig löst.

Är chunnt immer am füf ab haubinüüni, füf Minute nachdäm, dass d Beiz ufgangen isch, nimmt immer genau die glichi Zitig und brucht immer genau e Haubstung, de isch sis Kafi trunke und ds Chrützworträtsu fertig und är geit.

Mir hei nis mou e blöde Gspass erloubt, hei die Zitig am Morge früech im Bahnhof gchouft, hei ds Rätsu glöst und churz bevor dä Ma isch cho, hei mer die Zitig ir Beiz mit üsere Zitig tuuschet.

Dir hättet si Blick söue gseh, won er ds Rätsu wott afoh löse und merkt, dass es scho glöst isch. Zersch het er erschrocken ufgluegt und de grad wider i d Zitig gstarrt und de grad wider ufgluegt.

Nächär het me gseh, wien er überleit und wien er diskret ir Beiz umeluegt, frogend, empört und beleidiget.

Mir hei nis bemüeht, üs nüt lo aazmerke.

Der Ma isch zur Zitigsablag go luege, obs no nes angers Exemplar het, aber es isch ds einzigen Exemplar gsi.

Är isch wieder häreghocket und het sini Zitig no einisch ufgschlage, so wie wenn er würd hoffe, är heig vorhär fautsch gluegt gha. Aber sis Chrützworträtsu isch würklech scho glöst gsi.

Der Ma het verzwiflet usgseh. Är het gedankenabwäsend

di Zitig dürebletteret und isch ggange. Nid emou sis Kafi het er fertig ustrunke.

«Dir sit fertigi Lumpehüng!», het d Serviertochter gseit, wo mer vo üsem chline Scherz verzöut hei. «Das fingen i im Fau überhoupt nid luschtig.»

Si het rächt gha. Mir heis scho beröit, wo mer di erschti Verzwiflig im Blick vo däm Ma hei gseh, aber mir heis jo nümm guet chönne rückgängig mache.

Und dass mer ne sithär gäng übertribe fründlech grüesse, wenn mer ne gseh dört hocke, macht d Sach irgendwie ou nümm besser.

Wurscht

Es isch Nomittag gsi am Quartierfescht. Und der Willi het unbedingt no so ne Wurscht wöue. «Nei Willi!», het nim d Mueter gseit, «es git ke Wurscht. Mir ässe gli Znacht!»

«Bitte! Ei Wurscht! Bitteeeee!», het der Willi gäng gmacht. Und de het offebar däm Willi si Vatter ds Gfüeu gha, jetzt sig der Momänt, won är sini Outorität müess i ds Spüu bringe.

«Willi, du hesch ghört, was d Mueter het gseit. Es git nüt. Mir ässe gli Znacht. Auso hör uf stürme, süsch machsch mi veruckt!»

«Aber i wott jetz e Wurscht.»

«Los Willi», hets der Vatter no mit der pädagogische Methode versuecht: «E Wurscht isch sowieso grusig. Du muesch der vorstöue, dass di Sou, wo do verwurschtet isch worde, scho säuber Würscht het gfrässe, auso Räschte vo Würscht, wo irgendnöime si bblibe lige. D Söi frässen immer Räschte, auso frässe si ständig ou sich säuber. Und zletscht söue mir se de no ässe. Dasch grusig.»

Der Willi het chli nocheddänkt.

«Aber sich säuber cha jo ne Sou gar nid frässe. Si frisst vilecht Fleisch vo re angere Sou, aber sicher nid ds eigete Fleisch. Vatti, i möcht jetz e Wurscht.»

«I ha der doch grad gseit, wi grusig dass das isch.»

«Aber es isch mer glich, wenns grusig isch!», het der Willi no mou entgäge gha, «ig, i isse de mini Wurscht sicher ganz uf, de bliibe kener Räschte, de mues ke angeri Sou Fleisch vo dere Sou dohie frässe.»

Nächär hets wieder d Mueter versuecht: «Willi, wenns doch grad Znacht git. Mir gö jetz hei go ässe.»

«Was gits de Znacht?»

«Gsehsch es de, öppis Feins!»

«Das seisch immer und nächär gits wieder Spaghetti are Tomatesauce.»

«Was isch nid rächt a Spaghetti mit Tomatesauce?»

«Dasch grusig. D Räschte gö ufe Komposcht und nächär gits us däm Komposcht, wo Tomate dinne si wieder nöii Tomate drus. Pfui. I wott e Wurscht.»

Füum

Es si schöni, jungi, cooli Lüt gsi, e ganzi Familie, Vatter, Mueter und drü härzigi Ching und au zäme hei fasch chli usgseh, wie wenn si diräkt us sore Fernsehwärbig für nes flotts Familienouto oder für Familieferien am Meer wäre cho.

De hei si im Garterestaurant e freie Tisch gsuecht. Und wo si eine gfunge hei, het d Mueter gseit: «Dörte, dört isch no eine frei.»

Di ganzi Familie isch uf dä frei Tisch zue gstüüret. D Mueter het grad wöuen abhocke, wo eis vo de Ching ihre Stueu verschiebt, auso isch si i ds Lääre ghocket und a Boden abe tätscht.

Me het gseh, dass dä Sturz zimlech schmärzhaft mues gsi si. Si, d Mueter, isch vor Schreck grad e Momänt wortlos am Bode bblibe lige. Näben ihre d Sunnebrüue, wo si bim Sturz het verlore gha.

Ou di drü Ching hei im erschten Ougeblick kes Wort usebrocht. Und dä Bueb, wo der Stueu het furtzoge gha, het zimlech schuudbewusst us der Wösch gluegt.

Jetz hätt men eigetlech erwartet, dass der Vatter sech zu sire Frou abebückt und afe frogt, obs göng, ob si sech weh gmacht heig oder irgend so öppis.

Aber är het nüt söttigs gmacht, isch eifach stumm bblibe stoh.

«Läck mir!», het ändlech eis vo de Ching gseit.

Und der Vatter, wo offebar nume druf gwartet het, dass öpper das piinleche Schwige bricht, het lachend gseit: «Das hätt me jetz söue füume!»

D Mueter het sech wieder ufgrapplet. Si het d Sunnebrüue ufgläsen und isch zu den angere a Tisch ghocket. Si hei öppis z trinke bstöut. Aues isch fasch wieder zfriden und idyllisch gsi.

Aber dä eint Satz vom Vatter: «Das hätt me jetz söue füume!», dä Satz isch no ir Luft ghanget und es het eim ddünkt, dä Satz heig öppis kabutt gmacht zwüsche dene Lüt. I weis nid genau was, aber uf jede Fau öppis, wo me nid cha füume.

Inserat

Mir hei über die Inserat diskutiert, do die Churzinserat, wo öpper mit öpperem i Kontakt wott trätte, won er scho vom Gseh kennt.

I söttigne Inserat heissts doch zum Bispüu aube:

«Letzten Samstag, um 19 Uhr, bist du – junge Frau, blondes Haar, blaue Bluse, weisses iBook – mit der S2 Richtung Langnau gefahren. Ich - rote Mütze, schwarze Trainerjacke - sass dir gegenüber. Unsere Blicke haben sich auf der Höhe Tägertschi kurz gekreuzt. Ich möchte dich wiedersehen. Bitte melde dich unter Nummer …»

Mir hei drüber diskutiert, ob sech ächt do aube würklech Lüt mäuden uf so nen Aazeig, das heisst, ob me so Inserat überhoupt söu ufgä, oder obs ender sinnlos isch.

Es het zwöi Houptmeinige ggä:

Die einte hei gfunge, wenn me der Muet nid heig, öpper, wo eim gfaui, spontan aazspräche, de müess me nächär nid mit emnen Inserat versueche, das wo me verpasst het, nochezhole. Churz, es sig sinnlos.

Di angere hei gfunge, es sig doch legitim, wenigschtens e Versuech z wage. Me heig jo eigetlech nid vüu z verlüre.

D Diskussion isch fasch chli im Sang verloufe, wo plötzlech eine seit, är säuber gäb mängisch ou so Inserat uf und är heig uf die Art scho wahnsinnig vüu Froue glehrt kenne.

Ob das nid chli ufwändig sig, jedi Frou, wo eim ungerwägs gfaui, im nen Inserat z beschriiben und de ständig z hoffe, si läsi das Inserat würklech, ständig z hoffe, si merki de tatsächlech, dass grad si gmeint sig.

Nenei, das sig gar kes Problem, seit üse Spezialischt. Me müess nume di richtige Wort finge. Är säuber formulieri aube siner Inserat so, dass sech müglechscht vüu Froue chönnen aagsproche füehle. Är gäb nis es Bispüu:

«Letztes Weekend warst du – geheimnisvolle Frau – wieder unterwegs. Hast mir - Mann – sehr gut gefallen. Melde dich bitte bald.»

Mir söues probiere, es funktionieri tadulos.

Ohre-Voyeur

Znacht ir Isebahn het me mängisch ds Gfüeu, me sig im ne lääre Wage.

De redt me fasch chli so, wie wenn me bi sich deheime wär. Derbi hocket vilecht hinger eim no öpper, öpper wo scho dinn isch ghocket, wo men iigstigen isch und wo me gar nid beachtet het.

Wäge däm het die jungi Frou denn sehr wahrschiinlech ou nid gmerkt, dass ig ghöre, wie si zu ihrem Fründ seit: «Bäru, du liebsch mi gar nümme.»

«Wieso seisch jetz das?», het är grad gseit. «Das isch doch gar nid wohr.»

«Mou, i merkes», het si gseit, «du liebsch mi nümm richtig.»

«He easy», het är wieder versuecht chli Liechtigkeit drizbringe. «Das isch gar nid wohr.»

«Würdsch mi würklech liebe, de hättsch nid gseit, du wöusch i ds Usland.»

«He, das isch doch nid gäge di gmeint. Das het doch mit dir nüt z tüe.»

«Äbe, gsehsch, es het mit mir nüt z tüe, i säges doch, du wosch mi gar nümm richtig.»

Das Gspräch isch no lang eso witerggange, isch immer schlimmer worde, si het afoh gränne, är isch immer lüter worde und ig bi mer vorcho wie ne Ohre-Voyeur, wo do e Huufe Beziehigsdetail mitüberchunnt, wo ne eigetlech überhoupt gar nüt aagö.

Aber was hätt i söue?

I ha der Momänt verpasst gha, mi bemerkbar z mache. Und jetz, wo dä Beziehigsknatsch immer heftiger isch worde, han i nid plötzlech chönne säge:

«Hallo zäme, i wär de ou no do, i ghöre jedes Wort.»

Nei, i ha nüt meh chönne mache aus warte, bis aues verbi isch. Aber es isch nid verbiggange, i ha immer meh vo däm Päärli erfahre, immer genauer gwüsst, was si enang vorwärfe. Und wöus mi so piinlech het ddünkt, das aues ganz aleini mit z übercho, han i ddänkt, i verzöuis grad dohie, de chöimers au zäme teile, de isch es vilecht für das Päärli ou weniger unaagnähm, aus wenn ig der einzig Mitwüsser wär.

Lob

«Du, ehrlech, i ha ders no gar nid gseit, aber dä Mantu steit dir eifach wahnsinnig guet», het ei Frou zur angere gmacht, wo mer grad hei wöue zum Zug usstige.

«Fingsch? Isch er nid e chli z schrill? I meine vor Farb här.»

«Nei, nenenei, im Gägetöu, d Farb isch super, grad a dir, Ehrewort, d Farb isch perfekt. Das Grüen steit der sehr, sehr guet.»

«Aber weisch, mi dünkt er chli z churz, i hätt fasch lieber, är wäri non e Nuance länger.»

«Das würd i jetz überhoupt nid säge, dass dä Mantu z churz isch. D Längi isch genau richtig. Eso würkt er sportlech. Är chönnt nid besser si und wi gseit, är steit der eifach sehr, sehr, sehr guet.»

Immer wieder het die mit em Mantu es «Aber» gha und immer wieder het ihri Kollegin jedes «Aber» furtgwüscht und nöii Argumänt bbrocht, worum dass disere dä Mantu derewä ungloublech guet steit.

Zersch het me sech für di beide Froue gfröit, wöu me doch gäng chli Fröid cha ha, wenn nöimen öpper öpper angerem öppis Positivs seit. Aber wöu die mit em Mantu nid eis einzigs Lob het chönne lo gäute, isch es de mit der Zit doch aasträngend worde.

«Nimms doch eifach entgäge», han i afoh dänke. «Merksch de du nid, dass de langsam närvsch mit dim ewigen ‹Aber›».

Und do, ändlech, het die mit em Mantu tatsächlech kes «Aber» me gha und het gseit: «Merci. Das freut mi.»

«Voilà, han i zu mir säuber gseit, es geit jo.»

D Froue si vor mir usgstige und wo ni ne nochegluegt ha, hets mi ehrlech gseit nid unbedingt ddünkt, dä Mantu sig jetz der ultimativ Renner. Schön isch er scho gsi, das scho, aber bi witem nid so schön, dass me grad e söttigi Gschicht hätt müesse mache drum.

Gstohle

Es sig abnormau, het di Hoteliers-Frou verzöut. Si heigen i ihrem Hotel e chliini Bibliothek für d Gäscht, wo si regumässig tüegen uffrüsche.

Es heig i dere Bibliothek chli öppis für jede Gschmack, liechteri und schwäreri Choscht, Klassiker und Nöierschiinige, eifach eso, dass möglechscht vüu Hotelgäscht öppis fingi, wo ne gfaui.

Leider heig si müesse feschtstöue, seit d Hoteliers-Frou, dass relativ vüu vo dene Büecher vo de Gäscht eifach iipackt wärdi, was natürlech müehsam sig, wöu si de di Büecher gäng wieder müess ersetze.

I ha se de gfrogt, obs öppis wi ne Trend gäb, ob auso gwüssi Outore meh gstole wärdi aus angeri.

«Interessanterwis isch es würklech eso», seit si zue mer, «es git zum Bispüu ei Schriftstöuer, e Schwizer, däm sini Büecher chan i immer wieder nöi choufen und si chömen immer relativ schnäu wieder furt.»

Si het mer ou der Name gseit. I kenne dä Outor sogar persönlech. I weiss chli, was das für einen isch und es würd mi nüt verwungere, wenn dä sogar no stouz wär, wenn er wüsst, dass sini Büecher i dere Hotelbibliothek regumässig abhande chöme.

Won i ne ds nöchschte Mou ha troffe, han i mer vorgnoh, i wöu das Thema chli mit nim erörtere. I ha nim zum Bispüu wöue säge:

«Säg, was seisch eigetlech derzue, dass i däm und däm Hotel ständig Büecher vo dir us der Hotelbibliothek gstole wärde? Gits ächt e Zämehang zwüsche dim Charakter und däm vo dine Läser?»

Aber won i ds Gspräch vorsichtig uf das Thema ha wöue länken und nen afe gfrogt ha, ob er sech eigetlech bewusst sig, dass es unger sine Läser offebar e Huufe Diebe gäb, het er nume müed glachet und gseit:

«Fang bissoguet nid ou no vo de Diebstäuh vo mine Büecher aa. Es längt, wenn mer scho d Buechhändler und d Bibliothekarinne ständig wäge däm i den Ohre lige. I chas jo ou nid ändere und drum säg i der grad eis: Ds Thema Diebstauh cha mer langsam aber sicher gstole bliibe.»

Gsichtsverluscht

Si si denn us em Theater usegloufe, öppen am öufi am Oobe, e Gruppe vo sächs Persone, Schouspieler und Fründe. Au zäme hei no Hunger gha und wäge däm si si z sächste Höch i ne Beiz, wo eigetlech meh en Imbissbuden isch, wo men aber meischtens ou spät non es richtigs Menü überchunnt.

Auerdings hei si - chuum si si i deren Imbissbuden aacho - sofort gmerkt, dass d Chuchi scho blitzblank suber pputzt isch gsi.

«Ouououo, do si mer vermuetlech z spät», het eine vor Gruppe gseit, «es gseht gar nid us, wi wenn do di Chuchi no offe wär.»

Di angere hei das iigseh und scho afoh überlegge, wo dass men allefaus süsch no häre chönnt.

Nume dä, wo se häregfüehrt het, dä het no nid wöuen ufgä und het zum Wirt gseit: «Du Dino, vorhär han i mine Begleiter vorplöffet, bi dir gäbs ganz sicher no öppis Feins Znacht. Aber jetz gsehn i grad, dass di Chuchi scho zue isch. Wi stohn i jetz ou do vor mine Fründe?»

Der Wirt het überleit und isch zum Schluss cho, das göng nid, dass eine vo sine Stammgäscht vor de Fründe ds Gsicht verlüri. «Näht Platz», het er gseit, «i chume grad wieder.»

De isch er i ober Stock, i d Privatwohnig, sini Frou, wo scho gschloofe het gha, us em Bett go hole.

Zäh Minute spöter isch di Frou e chli schlofsturm ir Chuchi gstange, het sächs Menü gchochet und de di Chuchi zum zwöite Mou a däm Oobe suber pputzt. Nächär isch si wortlos verschwunde.

«Heit er gseh?», het der Wortfüehrer vor Gruppe sine Begleiter gseit, «muesch nume rede mit de Lüt, de klappet fasch aues.»

Au zäme si glücklech gsi, ussert dä Wirt, wo zimlech sorgevou us der Wösch het gluegt.

Vermuetlech het er sech gfrogt, obs würklech e gueti Idee sig gsi, sini Frou um e Schloof z bringe, nume dass ei einzige Gascht bi sine Kollege chli guet do steit.

Einisch heig er z Züri im ne Buech-Antiquariat e Fotoband gchouft, luter auti Fottine vom Oberaargou. Eifachi, klassischi, schwarz-wissi Landschaftsbüuder, aber sehr guet gmacht, verzöut der Tinu.

Worum dass er das Buech denn dört gchouft heig, das wüss er hütt säuber nümm genau.

«Vermuetlech wöus Fottine vom Oberaargou si, auso vo re Gägend, won i rächt guet kenne», seit er.

«Und mängisch han i chli drinne blätteret und de han i Fröid gha, wenn i d Langete ha gseh oder d Wässermatten im Näbu oder der Muemethaler-Weiher.»

«Tinu, du bisch haut e Nostaugiker», sägen i zue nim, «aber gäge das cha me gar nüt säge. Das isch doch tipptopp, wenn du Fröid hesch, a denen aute Büudeli vom Oberaargou.»

Das sig äbe genau ds Problem, seit der Tinu. Är heig das Fotobuech denn im Antiquariat gchouft, zum chli Fröid ha dranne, aber ungerdesse, ungerdesse heig er ke Fröid meh.

«Wieso de das?», frog i ne.

«Weisch», seit der Tinu, «letscht Mou, won i wieder einisch e chli ha wöue drinne schmökere, do gsehn i erscht afe, dass es voren uf em zwöiten oder dritte Deckblatt e persönlechi, chliini, handgschribeni Widmig dinne het:

«Für Antoinette, damit du meine liebe Heimat von ihrer besten Seite kennenlernst, dein dich immer liebender Hansjörg.»

«Das isch jo wunderschön, e doppleti Liebeserklärig! Wo isch de ds Problem?»

Ds Problem sig, dass nim di Widmig jetze d Fröid am Buech heig gnoh, jammeret der Tinu.

«Worum de das, Tinu? Das chan i jetz nid nochevouzieh, das gits doch immer öppe, dass men im ne Buech, wo men antiquarisch chouft, en auti Widmig drinn fingt. Das isch doch ke grossi Sach.»

«Mou!», seit jetz der Tinu, «das macht men eifach nid, me loht sech nid vo eim, wo derewä verliebt isch, so nes schöns Buech lo schänke und geit das nächär im nen Antiquariat go verhökere. Das isch en Affront, erschtens scho für dä Liebhaber, auso dä Hansjörg, aber ganz bsungers für en Oberaargou!»

Am Poschtomat

Vor em Poschtomat isch einen aagstangen, e Ma um die drissgi. Und won er ändlech isch a d Reihe cho, het er es zimlechs Gnuusch abglo mit sim Portmonnaie und sire Poschtcharte. Es isch jedefaus lang ggange, bis er die Charte nume scho het inegsteckt gha.

Für mänge vo dene, wo hingerdranne si gstange, hets usgseh, wi wenn er bsoffe wär und tatsächlech het öpper ir Reihe zimlech lut gseit:

«Dä Löu würd ou gschider hei go si Ruusch usschloofe, aus do di angere Lüt ufhaute. Das isch jo furchtbar, scho am Morgen einen uf der Lampe. Dä cha jo nid emou meh si Code iitippe. Anger Lüt hei vilecht hütt no öppis angers vor, aus do z warte.»

Irgendeinisch hets de dä mit em Gnuusch glich no gschafft si Code iiztippe. Und de isch es aber wieder rächt lang ggange, bis er aues het verpackt gha.

Aber won er sech umdräit und ar Reihe verbi wägglouft, gseht me genau, dass dä Ma nid bsoffen isch, sondern irgendwie motorisch behinderet.

Jetz hättet dir dä söue gseh, wo vorhär derewä usgrüeft het. Es isch nim hinger und vore niene meh rächt gsi.

«Geits?», het er gfrogt, «cha men öich öppis häufe?» Und zu den angere Lüt ir Reihe het er gseit, si söue chli uf d Site stoh und ob si eigetlech nid gsäche, dass dä Ma es Problem het.

«I ha kes Problem», het der Ma gseit, «mit mir säuber han i kes Problem, nume mängisch mit gwüssne Lüt, wo zersch usrüefen und erscht nächär häreluege.»

Aui hei müesse grinse. Aui, ussert dä eint Ma natürlech.

Und wo dä mit der Behinderig furtgloufen isch, hets eim fasch der Iidruck gmacht, är wöu sech mit siren umständlechen Art z loufe grad no chli luschtig machen über dise, wo so vorlut isch gsi. Natürlech isch er nid äxtra eso gloufe. Aber i däm Momänt denn isch si eigenartig Gang fasch öppis gsi wie ne längi Nasen a aui, wo meine, es müess immer und überau aues ribigslos funktioniere.

Denn han is sehr pressant gha. De bin i im Laden ar Kassen aagstange, ha mini Sache uf ds Bang gleit und vor mir isch nume no ei Chund gsi.

D Kassierere het däm vor mir der Betrag gseit und de het si churz ufgluegt und grad afoh strahle:

«Entschuudigung, bisch du nid der Boumi?»

«Mou», het dä vor mir sofort gmacht. «Wieso, kenne mer üs?»

«Du kennsch mi vilecht nümme, aber ig, i bin es Johr unger dir i d Schueu im Spituacher.»

Dä Boumi, wo öppe vierzgi mues gsi si, het offesichtlech überleit und de, nach langem, het er gstrahlet und gseit: «Ursula!»

«Genau», het d Frou vor Kasse gseit und het sech wahnsinnig gfröit, dass är ihre Name no weiss. De hei si enang vor Schueuzit verzöut und vo auem, was si sithär gmacht hei, prueflech und privat und zletscht het dä Boumi gseit:

«Dasch jetz luschtig, dass mer beidi do im Quartier wohnen und nis glich erscht nach 30 Johr wieder begägne.»

«Sis würklech scho 30 Johr?», het dörte di Ursula gfrogt und ig ha langsam nümm dra ggloubt, dass ig i däm Läbe no je irgendeinisch mini Waar cha zahle.

Und won är, dä Boumi, bestätiget het, dass es würklech scho 30 Johr här sig, het si gseit, es sig doch e Wahnsinn, wie schnäu dass di Zit umegöng.

Är het das möge bestätigen und ig ha hingerdranne afe chli schüüch ghüeschtlet, zum mi bemerkbar mache.

«Dass das würklech scho drissg Johr här isch! Und di Zit isch eifach verfloge!», het d Ursula wieder aagfange.

I has wi gseit pressant gha, ha chli demonschtrativ uf d Uhr gluegt und gseit:

«Apropos Zit, äs wär gloub öppen ar Zit, dass der chli vorwärts machet, wöu ig, i warte do scho gli föif Minute.»

Und won i das gseit ha gha, han i mi grad afoh schäme, wöu mer bewusst isch worde, wi lächerlech wenig dass föif Minute si, wenn me föif Minute mit 30 Johr verglicht.

Zeichnig

Im historische Chärn vor e Schwizer Stadt - der Name vor Stadt tuet grad nüt zur Sach – hets es wunderschöns, verwinklets, auts Huus mit Erker und Türmli und Verzierige und emne komplizierte Dach.

Fasch jedes Mou, wenn ig i dere Stadt bi und a däm Huus verbiloufe, verzöut mer irgendöpper, genau das Huus, genau das heige si ir Schueuzit müessen abzeichne.

Ungerdesse kennen i sicher zäh Persone, jüngeri, mittleri und öuteri Lüt, wo mer scho verzöut hei, si heige das Huus sinerzit im Zeichnigsungerricht müessen abzeichne.

Drum vermueten i sogar, dass aui Mönsche, wo ir beträffende Stadt i d Schueu si, irgendeinisch im Louf vo ihrere Schueuzit genau das Huus hei abzeichnet.

Me stöu sech das einisch vor, es auts Huus, wo höchschtens zwöi oder drü Familie chöi dinne wohne, wo aber i de letschte paar hundert Johr scho vo zähtuusige, nei, vo hunderttuusige vo Schueuching isch abzeichnet worde, und wo i de nöchschte paar hundert Johr vermuetlech no grad einisch so mängisch abzeichnet wird.

I bi jo nid Zeichnigslehrer, aber wenn i zuefäuig Zeichnigslehrer wär und wenn i zuefäuig genau i dere Stadt Zeichnigslehrer wär, de würd i mi vermuetlech gäge di Tradition uflehne.

Grad us Protescht würd i mini Schüelerinnen und Schüeler das Huus näbedranne lo abzeichne, es Huus, wo vüu weniger historisch, vüu unuffäuiger und vüu banaler isch aus das, wo aui Schüeler scho abzeichnet hei.

Das würd natürlech zeichnerisch nid eso vüu bringe, wöus vor Perschpektive här eidüttig weniger här git, aber derfür wärs es dütlechs und unmissverständlechs Zeiche, wärs es klars Plädoyer für - jo für was eigetlech?

I chönnt jetz gar nid säge für was. Und vo däm här gseh, bin i fasch no chli froh, dass i nid Zeichnigslehrer bi worde.

Di beide Vögu

Der Gwärbschüeler isch am Morgen e haub Stung z spät i d Schueu cho.

«Was isch mit dir?», het der Gwärbschueulehrer gfrogt, «het di der Herrgott lo schloofe? Du weisch, dass me bi mir pünktlech aafoht.»

Der Schüeler het sech offebar scho uf em Wäg e gueti Usred usdänkt gha und het de grad gseit, är sig äbe mit sim Töffli ine Polizeikontroue cho:

«Si hei nüt gfunge, s isch aus ihr Ornig gsi, aber es het haut Zit bbrucht. I ha de Polizischte no gseit, i chöm z spät i d Schueu, aber es isch ne glich gsi.»

Der Lehrer het nüt gseit und witer ungerrichtet. Dä Vorfau isch nach der Pouse scho fasch vergässe gsi, wo der Lehrer seit:

«Du, Peter, los einisch, i ha vorhär ir Pouse uf der Polizei aaglütte, ha ne wöue wüescht säge, dass si di so lang ufghaute hei. Aber weisch was? Die dörten uf der Polizei, di hei mer gseit, es heig hütt am Morgen ir ganze Region überhoupt kener Kontroue vo Töffli ggä.»

Dä Peter isch füürrot aagloufe. Är het öppis gstaggelet vo Excüse und vom Wecker, wo nid richtig gstöut sig gsi. Und es tüeg ihm leid, aber är heig sech drum nid getrout, eifach z säge, dass er verschloofe heig und drum heig er das mit em Töffli erfunge.

«Auso hesch ddänkt, lügen i dä Lehrer eifach mou aa,

wöu dä Löu gloubt sowieso jede Seich!», het der Lehrer gseit.

«Jo, auso nei, es tuet mer leid, i maches nümme, sorry, es isch mer e Lehr.»

Es sig scho guet, het der Lehrer uf das abe gmacht. So schlimm sigs jo ou nid. Me wöu di Sach lo guet si. Und ussertdäm sige si quitt.

«Wieso quitt?», het der Peter gfrogt.

«Lueg», het der Lehrer gseit, «du hesch mer verzöut, du sigsch ine Polizeikontroue cho, obwouh dass es gar nid gstumme het. Und ig, i ha dir verzöut, i heig vorhär bir Polizei aaglütte, obwouh dass es äbefaus nid gstumme het. So gseh si mer beid zäme di gliche Vögu. Voilà.

Fottitermin

D Lisa und der Claude sigen uf em Heiwäg gsi vo de Ferie. Z Deitige bir Outobahn-Raschtstett heige si use gha. De heige si ttanket und nächär sige si no gschwing es Kafi go näh.

Dört i däm Outobahn-Restaurant heige si no mou chli zäme di Feriewuche rekapituliert und uf em Fottiapparat d Fötteli aagluegt, wo si am Meer gmacht heige gha, verzöut der Claude.

«Und nächär hei mer gmerkt, dass mer eigetlech gar ke Fotti hei, wo mer beidi zäme druffe si. Es isch immer eis vo üs alei druffe gsi. Auso han i irgend e Ma, wo ir Nöchi ou es Kafi gnoh het, gfrogt, ob er ächt so lieb wär und e Fotti vo üs beidne würd mache.»

D Lisa heig däm Ma no churz erklärt, wi der Fottiapparat funktioniert, auso wie, dass er cha zoomen und wo dass er mues abdrücke.

«Kes Problem», heig dä Ma gseit und heig ar Lisa und am Claude grad afoh erkläre, wo und wie dass si söue härestoh.

Won er zwöi Mou abdrückt heig gha, heige d Lisa und der Claude «Merci» gseit und d Kamera wieder wöue näh, aber der Ma heig behouptet, är sig no nid fertig:

«Stöht mou no chli witer linggs use. No chli witer, no nid guet. Und jetz bitte lächle. Aber lächle, nid grinse. Voilà. Und jetz mache mer no eis uf dere Site. Guet eso. Bliibet grad genau dört. Momänt, i stoh no chli zrügg. Und bitte no grad einisch lächle! Cheeeese! Sehr schön. Und jetz tüet er no d Plätz tuusche. Genau eso. Und wieder lächle, sit so guet. Sehr schön. Und jetz no eis vo nöch.»

Churz gseit: Dä Ma heig und heig nid wöuen ufhöre fotografiere. Di angere Gäscht im Restaurant heigen afoh luege. Ar Lisa und am Claude sigs immer piinlecher worde.

«Es isch guet», heig d Lisa gmacht, «danke, merci, i gloube jetz längts würklech.» Beidi heige töif düregschnuufet, wo dä Ma d Kamera ändlech, ändlech heig zrügg ggä.

Es sig e totau düreknaute Momänt gsi, mit däm Hobbyfotograf. Aber komischerwis sig jetz im Hingerdri usgrächnet das eigenartige Fotoshooting z Deitigen ar Outobahn das Ferienerläbnis, wo ne am dütlechschten ir Erinnerig isch bblibe.

Gsundheits-Chüssi

Wo si schwanger isch gsi, het si trotzdäm witergroucht, obwouh dass si jo immer uf Sicherheit - und vor auem ou uf Gsundheit und überhoupt uf aues zäme ggachtet het. Aber äbe, di Roucherei, di het si nid wäggbbrocht, bim beschte Wüue nid.

Ihri Fründinne, wo fasch zur gliche Zit äbefaus si schwanger gsi, hei se wäge däm zur Red gstöut.

Si wüssis, het si gseit, si wüssis scho, aber trotzdäm het si witergroucht.

Und wöu si süsch jo so fescht uf Gsundheit und uf Ganzheitlechkeit und aus zäme gluegt het, heig si de nüün Monet spöter, wo d Lea isch uf d Wäut cho, öppis wöue guetmache.

Si het ar Lea es Hirsechüssi bsorget, biodynamischi Hirse, aber di chliini Lea, di heig ke Nacht Rueh ggä.

Auso het sis mit Gärschte versuecht, es Gärschte-Chüssi, biodynamisch, heig ou nüt bbrocht. Sogar mit em angere Chüssi, es südafrikanisches Produkt us Natur-Kautschuk, sig gar nüt z wöue gsi.

De sig si zum ne Homöopat, was si ächt no söu versueche, si heig es schlächts Gwüsse, wöu si jo derewä vüu groucht heig während der Schwangerschaft und ob ächt d Lea wäge däm so schlächt schloofi.

Hirsechüssi, unbedingt Hirsechüssi, heig der Homöopat empfohle, und wenn das nüt nützi, Gärschtechüssi.

Das heig si doch aus zäme scho lengschtens düreprobiert, es gäb kes Gsundheits-Chüssi, wo si ar Lea nid scho ggä heig. Und ganz ohni Chüssi chöng si ou nid schloofe.

Was si de für ne Margge rouchi?

Worum dass er das frogi?

Es gäb es eifachs homöopatisches Prinzip:

Ursache und Wirkung, ds Gägegift müess däm Gift gliche, wo me wöu bekämpfe.

Sithär schlooft di chliini Lea uf em ne Chüssi, wo d Mueter mit luter abegrouchte Sigerettestummle ufgfüut het.

Das Chüssi stinki grouehaft, grüsiger aus e vouen Äschebächer, aber di chliini Lea, di schloofi jetz wi nes Ängeli.

Im Fernseh

Einisch han i Fernseh gluegt. Es isch so ne Sändig cho us em Dütsche, wo ganz gwöhnlechi Lüt vo ihrne private Problem chöi prichte. Und a däm Tag denn isch es um Vatterschaft ggange.

Es het eso ne Türe gha, ganz e grossi, farbigi, mit Belüchtig. Und wo die Türen ufgangen isch, isch e jungi Frou use cho und hinger ihre e Ma um die Füffzgi.

Die beide si ne längi Stägen ab gloufe und hei de uf emne schöne Sofa dörfe Platz näh.

«Tochter und Vater!», seit der Moderator und är bitti um ne grossen Applous. Und d Lüt im Studio chlatsche begeischteret.

I go nes Kafi go useloh und won i zrüggchume und wieder i Fernseh luege, chunnt so nen Assischtäntin, e flotti mit länge Bei, und git am Moderator es Couvert. Der Moderator bedankt sech und tuet das Couvert langsam uf. Und dört i däm Couvert inne hets e Vatterschaftstescht.

Me ghört e Musig, d Spannig stigt, der Moderator nimmt e Brief us däm Couvert und luegt druf. Nächär luegt er ganz betroffen i d Kamera und seit am Vatter vo dere junge Frou, är müess jetz starch si. Es tüeg ihm leid, aber gemäss däm Vatterschaftstescht sig är nid ihre Vatter, ou wenn er das jetze zwänzg Johr lang heig gmeint gha.

Der Vatter seit, är wüss jetz gar nid, was er söu säge. Und die jungi Frou, die grännet.

D Kamera zeigt ihres vergrännete Gsicht vo ganz nöch.

Und nächär, wo si fertig grännet het, seit si, für si sig är glich ihre Vatter. Und de näh sech Vatter und Tochter fescht i d Arme.

Der Moderator rüehmt se für das und seit, si heige no einisch en Applous verdient. Und de chlatsche d Lüt no einisch ganz fescht und lut.

Und de gits e Wärbepouse.

Und ig, i schauten ab.

Fuessbau

Wäge der Fuessbau-WM het jo der eint oder anger Beizer e Fernseh i Garten use gstöut. Und dört, wo d Madeleine aube häregeit go Schutte luege, isch es rächt e grosse, ganz nöie Fernseh.

Aber einisch, i weiss nümm genau bi welem Mätsch, sig dä Fernseh nid guet iigstöut gsi. Heig si der Beizer gfrogt, was mit däm Büud los sig. «Das isch jo ganz verschwumme!»

Der Beizer sig cho, heig gluegt und heig gseit, es sig doch obenuse, HD-Qualität.

«Aber do gsehsch jo nid emou d Baue richtig!», heig d Madeleine insischtiert.

Und d Erika, wo näbedranne sig ghocket, heig das bestätiget: «He, d Madeleine het rächt, du muesch dä Fernseh richtig iistöue, me gseht aus nume verschwumme.»

De sig der Beizer glich fasch unsicher worden und heig di angere Lüt ir Gartebeiz gfrogt, ob si ächt ou meini, öppis stimmi mit em Fernseh nid. Aber wöu ussert der Erika und der Madeleine niemer reklamiert het, heigs ne ddünkt, är miech lieber nüt.

Ersch ir Pouse vom Mätsch, heige sech di beide Froue chli beruhiget. De heig d Erika plötzlech zur Madeleine gseit:

«Eh lueg jetze, du hesch jo genau di glichi Brüue wien ig? Hesch die scho lang?»

«Nei», heig d Madeleine gseit, «di han i mer letscht Wuche gchouft, dört bi däm Optiker hingen am Bahnhof.»

«Aha, lueg jetz, mini han i ou vo dörte. I choufe d Brüuen immer bi däm», heig d Erika gseit, «das isch jetz e Zuefau, genau ds gliche Modäu!»

Und de heige si no chli über Brüuen und Churzsichtigkeit im Augemeine gredt und erscht, wo d Madeleine heig gseit, si, si sig nid so fescht churzsichtig und d Erika hingäge gmeint heig, si, si sig ender fescht churzsichtig, hei di beide Froue gmerkt, dass si offebar vor em Mätsch d Brüue, wo uf em Tisch si gläge, verwächslet hei gha.

Wo dä Irrtum ufglöst isch gsi, heige si de di zwöiti Haubzit ohni Problem chönne luege. Und ou der Wirt sig erliechteret gsi, dass es nid a sim nöie Fernseh isch gläge.

Handwärcherlohn

Der Stöffu, dä, wo sit ewige Zite di chliini Möbu-Schriinerei am Dorfrand füehrt, het Zahnweh gha. Auso isch er dä Zahn go lo flicke.

Der jung Zahnarzt isch nöi im Dorf gsi. Är het bbohret. De het er e Füuig gmacht. Es isch aues tipptopp ggange. Und nach nid emou ere Haubstung isch di Behandlig erfougriich abgschlosse gsi.

«Voilà, Herr Trösch, das wär das gsi», het der Zahnarzt gseit und het am Stöffu zum Abschid d Hang häre gstreckt.

Aber der Stöffu het no grad ds Gschäftleche wöuen erledige und het ds Portemonnaie füregnoh.

Der Zahnarzt het abgwunke: «Dir müesst nid jetz zahle. Mir schicke nech e Rächnig. Mir hei jo öichi Date.»

«Nei, wart», het der Stöffu zum Zahnarzt gseit, «chom, das bringe mer grad i d Ohrnig. Wi lang hesch gschaffet? E knappi haub Stung? Und ds Materiau? Was bruchsch für ds Materiau? Säge mer e Füffzgernote? Lueg, do hesch hundertfüffzg Fränkli, das isch ömu de nid zwenig.»

Der Zahnarzt isch so überrascht gsi, dass er gar nümm het gwüsst was säge. Alei scho nume, dass ne dä Schriiner eifach dduzet het, isch nim eigenartig vorcho. Aber dass er grad no säuber e Priis feschtleit, eso öppis het der Zahnarzt no nie erläbt. Är het wöue proteschtiere, aber do het nim der Stöffu scho nes Füffzger- und es Hunderternötli, beidi chliin zämegfautet, i ds Poschettli ine gschoppet.

«Isch scho guet eso, nimms nume, e Quittig bruchen i nid.»

«Aber Herr Trösch, auso loset Herr Trösch …»

Der Zahnarzt het ke grade Satz useprocht. Derfür het der Stöffu bim Useloufe no gseit: «Isch scho rächt, nüt z danke. Hesch würklech tipptoppi Püetz abgliferet. Witer so!»

Liebeserklärig

Der Andi het ir Gratiszitig di Inserat gläse, wo men es SMS cha schicke und nächär tüe sis abdrucke.

De isch am Andi ufgfaue, dass dört i denen Inserat meischtens sehr persönlechs Züg dinne steit, auso Züg, wo im Grund gnoh immer nume genau ei Person müesst läse.

«Stöuet nech vor», het der Andi gseit, «de schribt men öppis Intims, zum Bispüu e grossi Liebeserklärig, und nächär list das di haubi Wäut. Aber die Frou oder dä Ma, wos eigetlech würd beträffe, lists vilecht genau nid.»

«Dänk nid söttigs», het ne der Bärnu versuecht z beruhige. «Weisch, wenn eine so nes SMS-Inserat i Uftrag git, wöu er sire Liebschte wott säge, si sig sis liebschte Chäferli, Schnüfeli, Schnuggeli, Butzeli oder Spätzli, de luegt er de scho derfür, dass das Chäferli, Schnüfeli, Schnuggeli, Butzeli oder Spätzli das Inserat ir Gratiszitig ou würklech list.»

Der Andi isch skeptisch bblibe. «Aber de chönnt er jo sim Chäferli, Schnüfeli, Schnuggeli, Butzeli oder Spätzli grad so guet diräkt es SMS schriben oder no besser persönlech sägen es sig sis liebschte Chäferli, Schnüfeli, Schnuggeli, Butzeli oder Spätzli, ohni Umwäg über d Zitig.»

«Fautsch!», het der Bärnu gseit.

«Du hesch kei Ahnig vo däm Thema. Wenn du am ne Chäferli, Schnüfeli, Schnuggeli, Butzeli oder Spätzli würdisch säge, es sig dis Chäferli, Schnüfeli, Schnuggeli, Butzeli oder Spätzli, de hätt das nie di glichi Relevanz, wi wenns ou no ir Zitig abddruckt isch.»

«Das heisst auso», het der Andi gseit, «dass es Chäferli, Schnüfeli, Schnuggeli, Butzeli oder Spätzli sim Schatz nid würd gloube, es sig würklech sis Chäferli, Schnüfeli, Schnuggeli, Butzeli oder Spätzli, wenns das nid schwarz uf wiss ir Zitig chönnt nocheläse.»

«Genau so isch es», het der Bärnu gseit.

Und bim Zuelose hets eim fasch wöue verwungere, dass es vor der Erfindig vom SMS und vor der Erfindig vo de Gratiszitigen überhoupt eso öppis wi ächti Liebi het chönne gä.

D Läsig

Denn isch es Literaturfestival gsi und eine, en öschterriichischen Outor, het us sim nöischte Buech vorgläse. Är het en ufwändig konschtruierti Sproch gha, mit vüune Schachtusätz und vou vo usgfaunen Adjektiv.

Wo d Läsig fertig isch gsi, si töu Lüt zum Saau us und angeri hei dussen uf di nöchschti Läsig gwartet. En öuteri Frou isch vom ne Bekannte, wo dussen isch gstange, gfrogt worde, wis sig gsi.

«Es isch troumhaft gsi, so gepflegt, so guet gläsen und so wahnsinnig iidrücklech», het di öuteri Frou gseit. «I hätt no lang chönne zuelose. Und wüsst er was, är list morn no einisch. Das dörft er nech nid lo entgoh.

«Vo was het er de gläse?», het dä Ma im Gang di öuteri Frou gfrogt.

Ig säuber bi ou a dere Läsig gsi und mi hets denn chli weniger packt aus di öuteri Frou. Grad wäge däm hets mi Wunger gnoh, was si däm Ma, wo gfrogt het, um was, dass es sig ggange, zur Antwort git.

«Wüsst er, är het so nes ungloublech gepflegts Dütsch», het di Frou wieder afoh schwärme, «das gits scho fasch nümme. Di Wörter! Di Sätz! Wi dä liest! Sagehaft!»

«Aber um was geits de?», het der Ma insischtiert.

«Wie meinet er ‹um was›?»

«Äbe, was isch d Gschicht? Vo was handlet sis Buech?»

«Ou», het di öuteri Frou jetz erklärt, «vo was, dass es

handlet? Auso, das isch e schwierigi Frog. Das chönnt i nech jetz bim beschte Wüue nid säge. Aber es isch grossartig, isch es unvergässlechs Erläbnis.»

«Wenn der nid emou wüsst, um was dass es geit, de chas nüt si», het der Ma gfunge.

Und de het ne di öuteri Frou aagluegt, wi mängisch e Grossmueter es Änkuching aaluegt, wenn si nim öppis Wichtigs wott erkläre und het zue nim gseit: «Wenn eine so ne schöni Sproch und so ne schöni Stimm het, de spüüts doch überhoupt ke Roue me, vo was dass er redt.»

Weckdienscht

Der Ma isch ar Tramhautstöu ghocket und het töif gschlofe.

Üs Wartende isch das chli eigenartig vorcho. Säget säuber, es mues eim jo fasch chli komisch vorcho, wenn eine zmitts am Nomittag, zmitts ir Stadt, zmitts im Verchehrslärme eifach seeleruhig schloft.

Derbi isch dä schlofend Ma offebar nid emou bsoffen oder verlade gsi. Är het ender usgseh wi ne tadulose Staatsbürger, aber haut eifach eine, wo grad schloft.

Es Tram isch nöcher cho und e Frou, wo dört gwartet het, het versuecht, dä Ma z wecke:

«Dir Entschuudigung, hallo, dir, eues Tram wär jetz do!»

Aber der Ma het e guete Schlof gha, isch nid erwachet.

Und was bsungers interessant isch gsi, es het mehreri Lüt gha, wo das Tram ou verpasst hei, wöus ne äuä wichtiger isch gsi usezfinge, worum dass dä Ma so töif schloft.

«Isch er ächt ohnmächtig?», het öpper gfrogt.

«Nenei, ohnmächtig isch er nid, är schnuufet ganz normau, schnarchet sogar e chli», het di Frou gseit, wo immer no vergäbe probiert het, ne z wecke.

Ds nöchschte Tram isch cho, jetz hei scho zwöi Lüt versuecht, der schlofend Ma wach z rüttle.

Ou dä zwöit Versuech isch erfouglos gsi, und d Gruppe vo de Nöigierige isch gwachse.

Ersch vor em dritte Tram heis es paar Passante mit guetem Wüue fertig procht, dä Ma us sim Töifschlof use z hole.

Är isch erwachet, het chli bblinzlet, het sech churz orientiert, isch i ds Tram ine, wi wenn nüt passiert wär - und wägg isch er gsi.

Nume die, wo ne gweckt hei, die si no chli ratlos dusse gstange.

«Was het er ächt gha?», het öpper gfrogt.

«Vermuetlech isch er müed gsi», het öpper angers gseit.

Und ig persönlech, i ha gfunge, das sig rächt e träffendi Analyse.

Zündhöuzli

Mir hei denn chli über üses Verhäutnis zu üsnen Öutere gredt. Es isch scho spät gsi, wo der Ferdi gesteit, är, auso är sig aus Bueb ds gröschte Muetersöhnli vor Wäut gsi.

Es isch eim chli schwärgfaue, das z gloube, wenn me der Ferdi so aagluegt het. Usgrächnet der Ferdi, e Brocke vo mene Ma, aut und gross und chräftig, usgrächnet är wott es Muetersöhnli gsi si.

«Doch, doch, es isch wohr», het der Ferdi gseit und het verzöut, win er aus Bueb jede Summer i de Ferie mit em Vatter uf d Aup heig müessen und win er de aube fasch verzwiiflet sig, wöu er söfu fescht Längiziti nach sire Mueter heig gha.

«Was hesch de gäge di Längiziti gmacht?», het öpper der Ferdi gfrogt.

«I ha eifach d Zündhöuzli ufbbrucht. Aber nid aui uf einisch, nei, schön verteilt, so dass es nid z fescht uffaut.»

«D Zündhöuzli ufbbrucht? Was hei de d Zündhöuzli mit dire Längiziti z tüe?»

«Der Vatter isch äben en überzügte Roucher gsi. Und wenn er zmitts im Aup-Summer gmerkt het, dass der Zündhöuzlivorrot gli ufbbrucht isch, de het er mi auben aben i ds Dorf gschickt, zum nöii Zündhöuzli bsorge.»

Der Ferdi schmunzlet, won er das verzöut. Es isch sächzg Johr här, aber är strahlet no hütt, wenn er zrüggdänkt, win er sech aube gfröit het, wenn der Vatter gseit het, är söu sech ufe Wäg mache, es heig kener Zündhöuzli meh.

«Der ganz Wäg vor Aup bis aben i ds Dorf bin i aube gsprunge, wöu i mi so fescht uf d Mueter gfröit ha», seit der Ferdi.

Und wo mer ne froge, ob de si Vatter dä Trick mit de Zündhöuzli nid lengschtens heig dürschout gha, meint der Ferdi nume:

«Momou, wahrschiinlech het ers scho tschegget. Aber är het nie es Wort drüber verloren und das rächnen i mim Vatter selig hütt no höch aa.»

Chüngle

Won är e Bueb sig gsi, verzöut der Wauti, heig si Vatter Chüngle züchtet. Är, der Wauti, heig di Chünglen immer fescht gärn gha. Ds Blöde sig nume gsi, dass nim der Vatter verbotte heig, zum Chüngelistau z go.

«Versteisch», seit der Wauti, «mi Vatter het äbe nid wöue, dass i zu dene Chünglen e Beziehig cha ufboue. Aber das het natürlech überhoupt nüt gnützt, wöu, wenn der Vatter nid isch ume gsi, de bin i aube stundelang bi dene Chüngle ghocket. I ha se beobachtet. I ha ne Näme ggä und ha nen aus verzöut, wo mi beschäftiget het.»

Nächär sig haut de auben irgendeinisch der Momänt cho, wo eine vo dene Chüngle sig uftischet worde, verzöut der Wauti. «Dasch hert gsi, klar, wenn men am ne Sunntig quasi e Fründ het müessen ässe.»

«Isch das wohr, Wauti? Du hesch tatsächlech di eigete Chüngle ggässe?»

«Was han i angers wöue, i ha jo nid chönne säge, das sige miner Fründe, süsch hätt der Vatter erfahre, dass i glich zum Chüngelistau bi. Und ussertdäm, bi üs deheime het me ggässe, was uf e Tisch chunnt. Und wenns Chüngu het ggä, het me müesse dankbar si und rüehme. Ganz schlimm isch es eigetlech auben ersch spöter worde.»

«Wieso de das?»

Der Wauti loht sech chli Zit mit der Antwort. Är luegt mit truurigen Ouge umenang und me merkt, dass er lieber nümm über di Chüngle möcht rede.

«Weisch, Chüngu hets immer numen am Sunntig ggä. Und nach em Ässe isch der Vatter aube chli go härelige. De bin i zum Chüngelistau gschliche und bi go luege, i welem Tablar dass eine fäuht. Und wöu i nid ha wöue wohrha, dass i grad der Lümpu oder der Toneli zum Zmittag ha gha, han i mer eifach vorgstöut, dä Chüngu wo fäuht, dä sig abghaset.»

«Und eso hesch es besser ertreit?»

Der Wauti schüttlet si schwär Chopf und macht mit der Hang es Zeiche, wo heisst: «Rede mer lieber über öppis angers.»

Partnersuechi

Es sig e graue Sunntig gsi. A söttigne Sunntige heig d Helen ihri Einsamkeit ganz bsungers gspürt. Wäge däm sigs ere denn überhoupt i Sinn cho, uf das Inserat z antworte.

«Mann mittleren Alters, sportlich, Nichtraucher, ungebunden, sucht aufgestellte Sie um die 30 für gemeinsame Unternehmungen, allenfalls auch mehr.»

D Helen heig es Blatt Papier und e Fülli zur Hang gnoh und es paar Zile gschribe und ihri Telefonnummere aaggä.

Nächär heig si der Brief abeglo und sig e chli go loufe. Uf ihrem Spaziergang sig ihre de auerdings ganz vüu schlimms Züg i Sinn cho. Si heig sech überleit, was wär, wenn dä Ma vom Inserat e Kriminelle wär. Oder was wär, wenn er en Aukoholiker wär oder e Hürotsschwindler oder e Sektierer oder e Perverse?

Ihre Brief sig scho furt gsi, im Briefchaschte vor Poscht. Vo dört heig si ne nümme chönnen usegrüble. Si heig der Nochber gfrogt, ob är en Idee heig, wi me dä Brief no chönnt stoppe.

Der Nochber heig ar Helen es Kafi aabbotte. Zäme heige si der ganz Sunntig Oobe gstudiert, was me chönnt mache zum verhindere, dass ar Helen ihre Brief bim Empfänger aachunnt.

Si müesst uf der Poscht aalütte, aber wo? Oder si müesst dere Partnervermittligsagäntur aalütte, aber wi fingt si die Nummere? Oder si müesst eifach nüt dergliche tue und wenn dä Ma ihren aalüttet aues abstritte und säge, es müess e Verwächslig si, si heig nie uf so nes Inserat ggantwortet.

Der Nochber vor Helen heig e Huufen Idee gha, und je länger, dass si a däm Problem umegstudiert heige, desto luschtiger sigs worde.

Spöter heig dä Nochber ou non e Fläsche Wii ufgmacht. D Helen heig nen immer sympathischer gfunge und irgendwie heig sechs ergä, dass si sech im Louf vom Oobe heigen afoh küsse.

Hütt isch d Helen mit däm ehemalige Nochber ghürote. Si hei drü flotti Ching und es geit ne guet. Was us däm Ma vom Inserat isch worde, wüsse di beide nid.

Anonym

I kenne di Familie scho lenger. Mir wohnen im gliche Quartier. Es si wunderbari Lüt, es Ehepaar und zwe Buebe. Mängisch, im Summer, prichte mer e chli, de verzöut är meischtens öppis vo de Ching oder vor Püez und si verzöut zum Bispüu vo de Ferie.

Im Garte, im ne Gheg, hei si Chüngle. Znacht tüe si di Chüngle i ne Chüngelistau, genau so ne Chüngelistau mit verschiedenen Abteili, wi me sen immer het gha.

D Ching hei Fröid a dene Chüngle, si luege zue nen und si fuere se mit früschem Grüenzüg, wo si säuber sammle.

Churz gseit, es isch e Fröid e söttigi Familie z kenne. Aber vo letscht macht mer der Vatter vo dere Familie chli ne besorgten Iidruck.

«Was isch ou mit der?», han i wöue wüsse, «hesch Chummer?»

«Jo, scho chli», het er gseit, «weisch, geschter isch im Briefchaschten en anonyme Brief gsi, schöni Handschrift, öpper, wo schribt ‹Dies ist eine Warnung!› Mir heige no genau vier Wuche Zit, zum d Hautig vo üsne Chüngle verbessere. Und wenn mers nid mieche, de wärdi mer bim Tierschutz aazeigt.»

«Aber das mues di doch nid kümmere», han i gseit, «di Chüngle si jo ghaute wi jungi Prinze, dene fäuhts doch a gar nüt.»

Das wüss är scho, het er gseit, aber es miech nim Sorge,

dass er do anonym gwarnet wärdi vo öpperem, wo offebar i Garten inegluegt heig und sech vo ussen es Urteil aamaassi, aber nid emou ds Gspräch suechi, sondern grad en anonyme Brief schribt.

I ha nim de vorgschlage, är söu sech öppis lo iifaue, öppis, wo me vor Stross us gsäch und wo dä säubschternanntnig Richter tüeg beruhige.»

Jetz steit im Garte näbem Chüngeli-Gheg es grosses Schüud, wo i zämeghänkter Schrift druffe steit:

«Dem anonymen Hasenfuss,
vom Küngelstall ein Morgengruss.»

Rächnen und spare

«Im Momänt han i e maximali Grundgebühr vo 29.50 und nächär zahlen i für d Gsprächsminute no grad zäh Rappe, ussert am Sunntig und am Oobe nach de Zähne.»

«Dasch scho möglech. Aber ig, i ha derfür drü Nummere gratis, 50 SMS und 5 MMS im Monet äbefaus gratis, Feschtnetz inklusive und Uslandgspräch ab 20 Minute zu reduziertem Tarif.»

«Aber bi mir isch Usland und Inland unger der Wuche äxtra günschtig, derfür d Grundgebühr chli höcher, aber das isch mer glich, i holes bi de SMS wieder dopplet ine.»

Di beide Manne, wo über ihri Handytarife hei gredt, hei nid bi nere Handybude gschaffet, nenei, es si ganz gwöhnlechi Bürokollege gsi. Aber wenn me ne chli zueglost het, mit au dene Tarif-Details, de isch me der Iidruck nid losworde, si heige sech sehr, sehr genau mit dere Materie befasst.

Über was hätten ächt die beide Kollege früecher gredt, wos no d PTT het ggä und wo aui Lüt für s Telefoniere di gliche Tarife hei müesse zahle?

I bi dörte ghocket mit dene Kollege und ha däm ändlose Gspräch über Vergünschtigungen und Sondervergünschtigungen und Äxtravergünschtigungen und Gratiszuesatzleischtige zueglost und mues auso säge, es isch mer totau sturm worde.

Drum han i de probiert, chli ds Thema z wächsle: «He Giele, lueget einisch dört äne das Ooberot über em Waud!»

Sofort hei beidi ihri Handy füregnoh und das Oberot aagfange fotografieren oder füume oder was weiss ig was.

«Das Büud schicken i grad ar Susanne», het eine gseit und scho hei si wieder über Tarife gredt.

Das isch ou so öppis, han i ddänkt. Früecher, wos äbe no d PTT het ggä und aui deheime hei telefoniert, hei mer nid nume kener Gsprächstheme gha, nei, mir hei ou kes Ooberot spontan chönne feschthaute.

Eso gseh isch es eigetlech fasch es Wunger, dass me früecher überhoupt het chönne Fröid ha am Läbe.

Realität

Bim Fondue-Ässe het der Fredi e gueti Anekdote verzöut, ganz e gueti, würklech e super Gschicht. Es isch e Story gsi, wo der Fredi säuber erläbt het, het er gseit. Am Tisch hets au zäme fasch verchüblet vor lache.

Der einzig, wo nid het chönne lache, isch der Stauder Heinzu gsi.

«Was isch los Stauder? Fingsch es nid luschtig?», het nen eine gfrogt.

«Moumou, klar, das isch e super Gschicht. Ds Problem isch nume: Si ghört mir.»

«Was heisst das, si ghört dir?»

«Di Anekdote, di han ig erläbt, nid der Fredi. Das isch mini Gschicht, der Fredi het se vo mir. Är verzöut se do, wi wenn ärs säuber erläbt hätt, aber das stimmt vou nid! Ig, i has erläbt, der Fredi hets nume verzöut übercho!»

Der Fredi het sech bim Stauder entschuudiget. Es tüeg nim furchtbar leid. Är heigs nid äxtra gmacht. Är heig di Gschicht scho söfu mängisch verzöut, dass er würklech nümm gwüsst heig, dass das nid sis, sondern am Stauder sis Erläbnis sig gsi.

«Das weisch ömu no!», het der Stauder no mou reklamiert, «du weisch doch no, was dass de säuber erläbt hesch und was nid!»

«Normalerwis scho», het der Fredi gseit, «aber bi töune Gschichte, auso bi dene, won i mi bim Verzöue hundertprozäntig identifiziere, meinen i irgendeinisch würklech, i heig se säuber erläbt.»

Jetz isch am Tisch e Diskussion über das Thema los ggange.

Di meischte hei gfunge, wenn me Gschichten und Würklechkeit nümm chöng usenang ha, de sigs gar nümm guet, de göngs gedächtnismässig bärgab.

Di angere hei der Fredi i Schutz gnoh und gseit, mängisch wärdi d Würklechkeit würklech zu re Gschicht und mängisch, mängisch chöngs haut äben ou vorcho, dass e Gschicht zur Würklechkeit wärdi.

Schwöschtere

Vermuetlech sige di beide Froue Schwöschtere gsi. Si heigen ömu enang fescht gglichen und vor auem heige si di glichi Sproch gredt.

Das het d Irène verzöut, wo vüu über Mönsche und no vüu meh über Sproche weiss.

«Normalerwis chan i fasch jedes Gspräch are Sproch zueordne», seit d Irène, «aber bi dene beide Schwöschtere han i ke Chance gha. ‹Was bruchen ou die für ne Sproch?›, han i mi di ganzi Zit gfrogt und gar nümm chönne wäglose.»

Es sig jedefaus ke Sproch gsi, wo si säuber jemous scho ghört heig. Es sig nid Tamil gsi und nid Arabisch und öppis Afrikanisches ou nid, wöu beidi Froue heige sehr europäisch usgseh.

Türkisch oder Serbisch oder Albanisch chöm äbefaus nid i Frog, wöu die Sproche kenn si wenigschtens der Melodie no.

«Vilecht isch es Finnisch gsi oder Ungarisch oder Baskisch», han i dört gseit, «das si jo aus zäme Sproche, wo me sprochwüsseschaftlech nume schwär cha iiordne.»

«Nei», het d Irène gseit, «nei, es isch würklech ke Sproch gsi, wo me z Europa kennt. ‹Gschalagga, dschalaba, aschgri naschi buobuo›, öppe so hets tönt, ‹drabuna, soblise, ititfiff sumuff› und am Schluss vo jedem Satz no nes Schwizerdütsches ‹weisch win i meine?›»

«Komisch», han i gfunge, «vilecht hei di beide Schwöschtere gar ke Sproch gredt.»

«Natürlech hei si e Sproch gredt», het d Irène wieder aagfange, «was hätts de süsch söue si? Wenn me redt, de brucht men e Sproch, süsch cha me jo grad so guet nüt säge.»

«Voilà, das isch wahrschiinlech genau der Punkt», han i zur Irène gseit, «di beide Schwöschtere hei vermuetlech ke Sproch bbrucht, wöu si enang gar nüt hei wöue säge. Di hei nume chli wöue ploudere, für das bruchsch ke Sproch, für ds Ploudere längt ‹Gschalagga, dschalaba, aschgri naschi buobuo› füeglech.»

Inneläbe

I bi denn in es Foto-Fachgschäft, wöu i e nöii Kamera ha bbrucht. Nüt Speziells, nume so ne Digitaukamera, wo nid auzu kompliziert isch zum bediene.

«Grüessech, was darfs bi öich si?», het mi der Verchöifer afe mou gfrogt.

«Grüessech, ig, i interessiere mi für so ne Digitaukamera.»

«Heit er e bestimmte Wunsch, e bestimmti Vorstellig?»

«Nei, nüt Bestimmts, eifach so ne Digitaukamera, nid z gross. Eini, wo möglechscht eifach z bedienen isch.»

«Guet», het dä Verchöifer gseit, eifach z bediene sig hütt jedi Digitaukamera. Es gäb keni, wo nid eifach z bediene sig.

Nächär het er es haubs Dotze Modäu füregnoh und het grad scho bim erschte Typ, won er mer erklärt het, gseit:

«Das Modäu dohie zum Bispüu, das het sehr es interessants Inneläbe.»

«Es interessants Inneläbe?», han i gfrogt. Und der Verchöifer het gnickt, het mer erklärt, was di Kamera aus misst und merkt und was di Kamera aus berächnet und was di Kamera aus entscheidet, bevor dass si e Fotti macht.

I bi begeischteret gsi und ha vo dörten aa gar nümm richtig zueglost. Di angere Modäu han i mer de nume no pro forma lo erkläre. Mi Choufentscheid isch scho lang gmacht gsi. I ha gwüsst, dass für mi nume die Kamera mit em interessante Inneläbe i Frog chunnt.

Sit denn han i auso di Kamera und immer, wenn i se öpperem zeige, sägen i stouz, das sig e Fottiapparat, mit emne interessanten Inneläbe.

Mini Fründe und Bekannte schiint das nid haub so fescht z beiidrucke. Es interessants Inneläbe? Das finge die nid interessant.

Si froge mi höchschtens, was di Kamera für ne Zoom het und wi vüu Mega-Pixel und wi vüu dass si gchoschtet het. Aber ds Inneläbe? Nach em Inneläbe frogt jetz gar niemer.

Mi Foto-Fachhändler und ig, mir si offesichtlech di einzige, wo sech i deren oberflächleche Wäut und i deren oberflächleche Zit no für inneri Wärten interessiere.

Wüudläder-Händsche

Es sig grusig chaut gsi und di jungi Frou sig zum Zug usgstige. Und dört, wo si churz vorhär no ghocket sig, sig es elegants Paar Wüudläder-Händsche gläge.

Der Stäubli heigs gseh, heig blitzartig reagiert, heig di Händsche packt, sig dere junge Frou hingernoche gsprungen und heig se grad no chönnen aasprläche, bevor si ir Ungerfüehrig verschwunde sig.

«Hallo, dir, hallo, excüse, Entschuudigung! Dir heit öichi Händsche lo lige.»

Di jungi Frou heig der Stäubli aagluegt, wi süsch e schöni jungi Frou e Typ würd aaluege, wo se mit ere büuige Masche versuecht aazmache.

«Was isch ds Problem?», heig si schnippisch gfrogt.

«Nüt, nüt, kes Problem. I wott nüt vo öich. I bringe nech nume d Händsche, wo der vorhär im Zug heit lo lige.»

Ersch dört heig der Stäubli gseh, dass di jungi Frou scho nes Paar Händschen anne het gha.

Und tatsächlech heig si gseit, si heig nüt lo lige, si heig aues und si heig kei Ahnig, won är di Händsche här heig oder wäm dass si ghöre, aber ihren ömu ganz sicher nid.

Am Stäubli sig d Situation ungloublech piinlech gsi. Är het mer gseit, es wäri nim vilecht weniger piinlech gsi, wenns statt dere junge, schöne Frou öpper weniger attraktivs wär gsi.

«Jä so, aha, de ghöre di Händsche gar nid öich?», heig er ir Verlägeheit inne no gfrogt.

«Genau. Di Händsche ghöre nid mir. I ha mini Händsche.» Und scho sig si furt gsi.

I ha mer der Stäubli versuecht vorzstöue. Der Stäubli, wien er dört isch gstange, alei uf däm Perron, mit denen elegante Wüudläder-Händsche, wo vilecht ungerdessen öpper angers im Zug het vermisst. Und i mues auso säge, är het mer richtig leid to, dä Stäubli.

Me füehlt sech nämlech säute so schlächt, wi wenn men öppis Guets het wöue mache, wo nid guet isch usecho.

Handtäsche

Di auti Frou het ihri Handtäschen offe gha, auso han i fasch müesse driluege. I chönnt jetz nümm aues ufzöue, wo i dere Handtäschen isch gsi. Aber öppis isch mer bblibe: e Schachtle Praliné.

Praliné, das passt zu ren aute Frou, han i ddänkt, währenddäm dass mer öppis vo ganz früecher isch i Sinn cho:

Won i chlii bi gsi, isch nämlech aube so nen öuteri Frou bi üs z Psuech cho, e Wäutschi, e Bekannti vo minen Öutere. D Madame Rigolet.

Di het immer Schoggi mitbrocht für üs Ching. D Schoggi isch gäng ds Erschte gsi, wo d Madame Rigolet uspackt het und wöu mir das gwüsst hei, hei mer nis ou jedes Mou so fescht gfröit, wenn si nis isch cho psueche.

Numen einisch, das weiss i no genau, het d Frou Rigolet ihri Handtäschen am Iigang uf d Ablag gleit und ke Schoggi und gar nüt uspackt.

I ha gwartet und ghoffet, es chöm ere de no z Sinn und si sägi de irgendeinisch: «Oh, j'ai oublié le chocolat!»

Aber si het nüt söttigs gseit. Und wo mer i ds Bett hei müesse, hets gheisse, mir söue no ar Madame Rigolet Guetnacht säge.

I bi de no gschwing zu ihrere Handtäsche gschliche, zum luege, ob si vilecht gar ke Schoggi derbi het. I ha di Handtäschen ufgmacht und dört innen isch d Schoggi tatsächlech gläge. Aber wieso het d Madame Rigolet di Schoggi nid uspackt? I ha mi nid getrout z froge.

Auso bin i go lige, ohni Schoggi.

Aber i ha i dere Nacht lang nid chönnen iischlofe, wöu i mi di ganzi Zit gfrogt ha, wieso dass ächt d Frou Rigolet vergässe het, di Schoggi fürezmache. Es het mi denn ddünkt, es wär weniger schlimm, wenn si vergässe hätt gha, überhoupt Schoggi z bsorge. Aber d Schoggi im Handtäschli mitbringe und de vergässe, se fürezmache, das het mi ganz schlimm ddünkt.

Das han i aues scho lang vergässe gha, aber äbe, won i letscht Wuchen ir Stadt a ren aute Frou i di offeni Handtäschen ineluegen und di Praliné gseh, ischs mer wieder i Sinn cho.

Und jetz hoffen i natürlech fescht, si heig ou würklech dra ddänkt, di Praliné uszpacke, nid dass irgendwo es Ching nid het chönnen iischloofe.

Töfflifahrer

Jetz heig er ne scho mehrmous beobachtet, beklagt sech der Kudi. Es sig en öutere Vättu mit emne Zwöigangtöffli.

Und auso är, der Kudi, heig scho drü oder vier Mou gseh, wi dä öuter Vättu am früeche Morge mit sim Töffli zur Zitigs-Box bi ihnen im Quartier fahri, wo di Gratiszitige dinne si.

De nähm er auben e Hampfele früschi Zitigen us der Box use und steck se bi sich unger d Jagge.

«Und de?», sägen i zum Kudi, «dä Vättu darf sech doch so mängi Gratiszitig unger d Jagge stecke, win är wott. Gratiszitige si gratis. Wäge däm seit me ne jo ou so.»

«Aber haut!», seit der Kudi, «dä Männdu, dä list di Zitige gar nid, dä steckt se unger d Jagge, dass er weniger a Ranze frürt uf sim Töffli.»

Das sig doch tipptopp, nimen i der aut Ma uf em Töffli wieder i Schutz. «Wenn Zitige gratis si, de cha doch jede mache dermit, was er wott, auso zum Bispüu überau lo umelige, dass chli Farb i d Stadt chunnt oder äben unger d Jagge stecke, dass me warm het uf em Töffli.»

«Di Gratiszitige si äbe nid eifach gratis», erklärt mer uf das abe der Kudi. «Di Gratiszitige, di wärde mit den Inserat finanziert. Und de isch es natürlech nid d Idee, dass me sen aus Isoliermateriau brucht und gar nid list. Gratiszitige nid läse isch e Pschiss a dene, wo d Inserat schaute.»

«Aha, voilà. De heisst das i däm Fau, dass theoretisch

jede, wo so ne Gratiszitig us ere Zitigsbox usenimmt, d Inserat genau mues studiere, so dass er sini Gratiszitig ou würklech verdient het?»

Der Kudi seit nüt und i bi froh, dass er nüt seit. Wöu süsch hätte mer vermuetlech Krach übercho, der Kudi und ig.

I hätt mi vou uf d Site vom ne frürende Töfflifahrer gstöut, won i gar nid kennen und der Kudi hätt sech uf d Site vo potänte Inseränte gstöut, won er äbefaus nid kennt. Und i befürchte fasch, dass mi Töfflifahrer bi so menen ungliche Kampf ke Chance hätt gha.

Denn bin i am Flughafen öpper go abhole. Und wöu i vüu z früech bi dranne gsi, han i Zit gha zum chli umeluege.

E Ma isch mer ufgfaue, öppe füffzgi, het chli usgseh wi ne Schouspieler, eine wo i vüune französische Füume spüut, e guete Schouspieler, weiss grad der Name nümme. Aber nächär, wenn me genauer gluegt het, isch es de doch nid dä Schouspieler gsi, sondern irgend e normale Ma.

Dä Ma het e Bluemestruss ir Hang gha, aber är het dä Bluemestruss immer wieder abgleit, zum beidi Häng frei ha. Angeri Lüt chöi mit eire Hang telefoniere, aber dä Ma im Flughafe nid, dä het beidi Häng bbrucht.

«Si isch no nid glandet. Nei. I warte. Mou, der Flug isch pünktlech. I zäh Minute sött si lande.»

Und de het er der Bluemestruss wieder i d Hang gnoh, het uf d Uhr gluegt, het zur Türe gluegt, het wieder uf d Uhr gluegt, het ufe Büudschirm gluegt, het si Bluemestruss abgleit und het wieder telefoniert:

«Si isch no nid glandet. Nei. I warte. Mou, der Flug isch pünktlech. I föif Minute sött si lande.»

Nächär het ers wieder ganz genau glich gmacht. Umegluegt, uf d Uhr gluegt, uf e Büudschirm gluegt, der Bluemestruss abgleit und telefoniert:

«Jetz isch si glandet. Klar. I warte. Mou, der Flug isch pünktlech. Uf der Aazeig steit, är sig glandet.»

Es isch de no fasch e Viertustung ggange, bis di Frou,

won är mit däm Bluemestruss isch go abhole, zur Tür isch us cho.

Der Ma het sen umarmet, het se küsst, het ere der Bluemestruss ggä und won er gmerkt het, dass er wieder beidi Häng frei het, het er no einisch telefoniert.

«Si isch do. Mou, si isch scho usecho. Jo, der Flug isch pünktlech gsi, absolut pünktlech. Wotsch se no schnäu? Aha. Guet, mir chöme. De cha si der aues säuber verzöue.»

Und de han i mi gfrogt, was si ächt z verzöue het. Dass der Flug pünktlech isch glandet? Dass der Vatter se isch go abhole? Oder dass ou dörte, wo si grad no isch gsi, d Lüt enang ständig e chli aalüte zum fasch nüt säge?

Tiersprichwörter

I kennen e Handwärcher im Solothurnische, dä erfingt immer rätsuhafti Sprichwörter, wo Tier drinne vorchöme.

Wenn zum Bispüu uf ere Boustöu niemer me weiss, wär dass was z tüe het, de seit dä Handwärcher: «Jedes Huehn cha Eier legge, aber nume wenig Güggle chöi im richtige Momänt ggiggeriggi säge.»

I gibe gärn zue, dass i bi dene Sprichwörter, wo dä Handwärcher aube bringt, nid immer noche chume. Trotzdäm han i grosse Reschpäkt vor der sprochleche Kreativität vo däm Handwärcher.

Einisch han i ne gfrogt, wi lang dass es ächt no göng, bis ds Dach fertig sig. De het er gseit: «Wenn d Spatzen im Stadtpark pfiffe, mues es nid unbedingt vom Oschte här cho räggne.»

Oder es angers Mou, wo öpper het wöue wüsse, wies nim göng, het er zur Antwort ggä: «Ou es auts Ross tuet gärn trabe, ömu wenns aaständig bschlagen isch.»

Und einisch han i ghört, wien er ir Mittagspouse zu sim Lehrbueb het gseit: «Nume wär de Hüng bim Bäue zuelost, cha wüsse, was d Chatzen im Schüud füere.»

I weiss nid worum, aber di Sprichwörter vo däm Handwärcher, di bliibe mir fasch besser, aus aui di bekannte Sprichwörter, won i scho tuusig Mou ha ghört.

Und ou wenns eim würklech schwär faut, im Einzufau usezfinge, was dä Handwärcher mit sine Tiersprichwörter meint, isch es jedesmou e Gnuss, nim zuezlose.

Und trotzdäm han i ds Gfüeu, dass es weniger Missverständnis gub, wenn siner säuber erfungnige Sprichwörter chli klareri Ussage hätte.

Drum han i mer fescht vorgnoh, i wöu nim ds nöchschte Mou, wenn i ne gseh, ou einisch es säuber erfungnigs Tiersprichwort schänke.

I säge de vilecht zue nim, nid emou en usghungereti Sou gsäch bi sine Sprichwörter outomatisch zum Söitrog us. Was das genau bedüttet, isch de nümm mis Problem.

Antiquariat

Die Gschicht het mer e Schriftstöuer verzöut, aber i gloube, es sig trotzdäm e wohri Gschicht.

Är het auso verzöut, är sig einisch bi so mene Buechantiquariat, won er öppe no häregöng, am umenuusche gsi.

Do heig er im ne Gstöu plötzlech eis vo sinen eigete Büecher gseh. Är heigs i d Hang gnoh, nume so, zum luege, was es no Wärt sig.

Won ers ufschlöng, gsäch er, dass e Widmig vo ihm dinne sig:

«Für Georg, mit meinen allerbesten Wünschen, herzlich», und drunger ds Datum und sini Ungerschrift.

Es sig öppe zäh Johr här gsi, dass er däm Georg das Buech heigi gschänkt gha. Aber är heig sech jetz, wo ner ds Buech mit der Widmig ir Hang heig gha, wieder ganz genau möge dra bsinne, wo und i welem Zämehang, dass er nim s gwidmet und gschänkt heigi gha.

Und klar, das heig ne scho chli möge, dass er do heig müesse feschtstöue, dass dä Georg, wo immerhin e langjährige Fründ sig, das persönlech gwidmete Buech offebar eifach bim Antiquariat heig verschacheret.

Är heig das Buech gchouft, tüür sigs nümm gsi, und heigs deheime no mou chli aagluegt.

De heig er unger di Widmig vo vor zäh Johr no häregschribe:

«Immer noch für Georg mit meinen allerbesten Wünschen, aber diesmal in der Hoffnung, dass er es nicht mehr einem Antiquariat verkauft», und drunger wieder ds Datum und d Ungerschrift.

Nächär sig er zu däm Georg, heig nim das Buech wortlos i d Finger ddrückt und de heig er sech ufe Heiwäg gmacht.

«Öppis muesch wüsse: Wenn ig öpperem eis vo mine Büecher schänke, de meinen i das ärnscht», het mer der Schriftstöuer no gseit, «dä Schörschu, dä söu das numen ou lehre, dä Löffubueb.»

Autglas-Sammustöu

Vor der Autglas-Sammustöu hets en Ufregig ggä.

Eine, e junge Ma, isch nämlech umgheit und isch mit em Hingerchopf zimlech brüsk uf en Asphaut tätscht.

Är isch regigslos blibe lige. Sofort si nes paar Passante häre, hei gfrogt, obs göng, hei gfrogt, ob öpper es Handy heig und hei derfür gsorget, dass en Ambulanz chunnt.

Der jung Ma, so vüu het me vo witem gseh, isch stockbsoffe gsi. Är het e lääri Vodkafläschen ir Hang gha, won er offebar hätt wöuen im Autglascontainer go entsorge.

Jetz isch er eifach dört am Bode gläge, het blüetet am Chopf und öppis glallet, wo me nid rächt het verstange.

D Ambulanz sig ungerwägs, het öpper gseit und eine vo de Passanten isch bim Verunfaute bblibe und het beruhigend uf nen iigredt.

Es chöm aues guet, het er nim gseit. Är söu nume ruhig blibe lige und ruhig schnuufe, nid rede, nume schnuufe, immer ruhig schnuufe.

Trotzdäm het dä, wo verletzt isch gsi, uf sini lääri Vodkafläsche zeigt und immer wieder zwöi Wörter versuecht z säge, wo me wäg sim Glall nid rächt het verstange.

Wo d Ambulanz ändlech isch do gsi, hei ne d Sanitäter vorsichtig uf so nes Bett mit Redli gleit und de mit Gurte gsicheret.

«Was seit er?», het eine vo de Sanitäter gfrogt, «versteit öpper, was er seit?»

«Är seit gloub öppis wi: ‹Bim Wisse›, aber was das söu bedütte, das weiss niemer.»

Si hei ne langsam i d Ambulanz ine gschobe, öpper het nim di lääri Vodkafläsche abgnoh und är, der Patiänt, het immer no glallet: «Bim Wisse! Bim Wisse! Bim Wisse!»

«Bim Wisse was?», het no mou öpper gfrogt.

«D Fläsche, mini Fläsche, tüet luege, dass der se am richtigen Ort abelöht, bim Wisse, dörte wo steit: Glas Weiss.»

Wisswii oder Rotwii

Won i ds Telefon abnime, ghören i e fründlechi Frouestimm. Si grüesst und frogt, ob i churz Zit heig. Si miech en Umfrog, es göng nid lang, es sige nume drü Froge.

Und no bevor dass i öppis hätt chönnen antworte, seit di fründlechi Stimm, es göng um miner Vorliebine bim Wii und wenn i di Froge beantworti, chiem i vo ihrere Firma aus chlises Dankeschön es Gschänk über und wenn i bereit sig, löng si grad los und scho het si losglo:

«Auso, di erschti Frog lutet: Heit dir lieber Rotwii oder bevorzuget dir Wisswii?»

«Gar ke schlächti Frog», han i gseit. «Aber das hanget natürlech vo den Umstäng ab. Dir müesstet mi zum Bispüu froge, i welem Zämehang dass i lieber was für Wii ha. Das hanget nämlech zum Bispüu vor Tageszit ab oder vom Ässe.»

E Momänt lang het di fründlechi Stimm nüt meh gseit und de het si erklärt, si meini di Frog ganz augemein.

«Das isch jo genau ds Problem», han i gseit, und eso augemein wi si frogi, chöng ig gar nid antworte. «He jo, das isch doch ds Gliche, wi wenn der mi würdet froge, obi lieber häui Schoggi oder dunkli Schoggi heig. Jä dir, beides isch sehr fein, aber me mues äbe scho chli differänziere.»

Nenei, het si wieder gseit, es göng bi ihrere Umfrog nume um ganz eifachi, augemeini Froge und wi gseit, wenn i mitmachi, gäbs aus Dankeschön es Gschänk vo ihrere Firma.

I söu auso nume grad säge, ob i tendenziell lieber Wisswii heig oder lieber Rotwii.

«Tendenziell? Wi meinet der das? Dir, excüse, das isch ke Frog vore Tendänz. I beurteile das nid nach Tendänz. Näh mer einisch aa, i sig bi öpperem zum Znacht iiglade und es git Fisch, de wär dä Fisch ou nid e Tendänz, sondern e Tatsach. Wüsster wi ni meine?»

Di Frou am angeren Ändi vor Leitig het äuä nid gwüsst, wien i meine, wöu si scho het abghänkt gha.

Und ob i das Gschänk vo dere Firma jetz no überchume, würd i tendenziell ender bezwifle.

Schueh choufe

D Angela sig go Schueh choufe, miech si öppe no, wenn si grad wieder einisch chli Zit und Gäud heig.

Si wüss ou nid worum, aber Schueh choufe sig e Tätigkeit, wo ihre wahnsinnig guet tüeg. Si müess mängisch go Schueh choufe, wi angeri Lüt gönge go meditiere oder go jogge.

Jedefaus sig si wieder go Schueh choufe, heig verschideni Modäu probiert und de ändlech öppis Passends gfunge. Sige nid grad büuig gsi, die Schueh wo si usgläse heig, derfür ungloublech chic.

Aber wo si a d Kasse göng, zum di Schueh zahle, sägi d Verchöiferin:

«Weit der die Schueh choufe? Für öich säuber? Das isch aber nid öichen Ärnscht? Excüse, aber dir weit mer jetz nid säge, dir heiget im Sinn, mit dene Schueh umezloufe?»

«Mou, sicher, wieso nid?», heig d Angela gfrogt.

«Auso das geit jetz überhoupt nid!», heig d Schuehverchöifere fasch chli entrüschtet gseit, «luegit mou die Schueh aa und nächär luegit öich aus Typ aa und nächär sägit säuber!»

D Angela heig afoh zwiifle, heig di wunderschöne Schueh ungerdesse säuber nümm so schön gfunge. Ussertdäm heig si nid sicher gwüsst, ob d Verchöiferin wöu säge, di Schueh sige nüt für si oder si sig nüt für di Schueh.

«De meinet der auso, das sig ke gueti Wauh?», heig si scho chli resigniert gfrogt.

«Was heisst ke gueti Wauh. Das isch unmöglech, das geit nie im Läbe. Aues was der weit, aber nid die Schueh zu sore Frou wie dir eini sit!»

D Angela sig ohni Schueh zum Laden us und sit denn sig nüt meh wie vorhär.

Si choufi immer no einigermasse gärn nöii Schueh. Das sig nid unbedingt ds Problem.

Aber jedes Mou, wenn ihre dä missglückt Schuehchouf i Sinn chöm, föng si sech afoh froge, ob ächt ihres Läbe en angere Verlouf hätt gnoh, wenn si denn chli säubschtbewusster wäri gsi und di Schueh dört glich hätt gchouft.

Nachwort

«Von den Gleichnissen». Aufbrüche in den Alltag

Liest man Pedro Lenz' «Morgengeschichten» am Abend, wird die Nacht zum Tag, denn sie wirken wie ein doppelter Espresso: Wach macht die Lakonie und Prägnanz der Geschichten, nachdenklich ihre Tiefe. Sie sind ja auch ursprünglich konzipiert, um einen in den Tag zu entsenden, wo es zu agieren, zu reagieren und den Kopf nicht zu verlieren gilt. Seit 2006 wird auf Radio SRF 1 jeden Wochentag eine «Morgengeschichte» ausgestrahlt, als Podcast kann man sie alle auf der SRF-Webseite nachhören. Sie stammen im Wechsel von Autoren wie Guy Krneta, Flurin Caviezel, Elisabeth Zurgilgen, Linard Bardill, Carol Blanc, Richard Reich, Hugo Rendler, Ferruccio Cainero und eben Pedro Lenz. Die Sprache der Texte ist die Deutschschweizer Mundart von Bern bis Graubünden, das süddeutsche Hochalemannisch oder das Hochdeutsche mit italienischem Akzent. Manchmal passen die Beiträge zur Saison («Penalty» im Juni 2008, «Brief an den Weihnachtsmann» Ende 2012), immer aber handeln sie von dem, was die Zeitgenossen unmittelbar bewegt: von Handytarifen, Erziehungsmethoden, künstlichen Gelenken, vom Wandel der Zeiten und Dinge.

Genau deshalb hatte sich die «Unabhängige Beschwerdeinstanz für Radio und Fernsehen» im Herbst 2006 mit einer Klage zu befassen gegen «den banalen, einfältigen und sinnlosen Inhalt der Ausstrahlungen, welche keine Werte vermitteln». Kurz zuvor war die konzeptionelle

Umstellung von der traditionsreichen Sendung «Zum neuen Tag», die von der Redaktion «Religion» betreut wurde, zu den «Morgengeschichten» erfolgt, für die die Abteilung «Hörspiel und Unterhaltung» zuständig ist. In «Zum neuen Tag» waren, so die Argumentation der Vertreter kirchlicher Interessen, Betrachtungen christlich-besinnlicher Art gesendet worden. Und nun hatte man es auf einmal mit Literatur zu tun. Fritz Zaugg, Leiter der Abteilung «Hörspiel», betonte allerdings, es habe auch früher schon Beiträge ohne explizit religiösen Inhalt gegeben. Andreas Urweider, obwohl selbst Pfarrer, liess Ende der 1970er-Jahre seine Reflexionen «Zum neuen Tag» mit einem Kaffee und einem Butterbrot beginnen. Dass das Ansetzen beim Alltäglichen die Hörerschaft irritierte, hat Maja Beutler im Rahmen ihrer Beiträge thematisiert, die unter dem Titel «Wärchtig» 1986 ebenfalls als Buch erschienen: «Öppis chunnt geng wider füre, i dene Rüge: dass i äbe so gar nid religiös syg u nume vo mim eigete Alltag brichti am Morge u vo minen eigete Fähler. I bi halt äbe nid Theologin. Aber i frage mi de glych aube, was ‹religiös sy› heissi. Syt Dihr nie unsicher, weles der richtig Wäg i Himel isch? Hei de d Fähler, wo me sälber macht, u der eiget Alltag nid o z tüe dermit?» (S. 10f.)

Vom Alltäglichen auszugehen, gehört zur Technik der Gleichniserzählung, die seit Jahrtausenden in religiösen Texten zahlreicher Kulturen dokumentiert ist. Die Deutung wird zuweilen im Gleichnis selbst festgelegt, zuweilen dem Rezipienten überlassen. «Siehe, es ging ein Säemann aus zu säen. Und indem er säte, fiel etliches an den Weg; da kamen die Vögel und fraßen's auf.» Banal, einfältig und sinnlos sind solche Erzählungen kaum, vielmehr unmittelbar einleuchtend und in ihren Szenarien oft erschreckend vertraut. Heinz Schlaffer hat in seiner «Kurzen Geschichte der deutschen Literatur» besonders prägnant beschrieben, wie «die Absage an die christliche Tradition» die «literarische Verwendung christlicher Muster zu unchristlichem Zweck» zur Folge hatte. (S. 59) Auch wenn die Aufklärung begann, die Bibel historisch als Kulturdokument zu lesen, blieben Gleichnisse und Parabeln wichtige Formen eines nun weltlichen Erzählens, bis zu Kafka, Friedrich Wolf, Brecht und Dürrenmatt.

Auch manche der «Morgengeschichten» kann man in dieser Traditionslinie sehen. Obwohl vorgetragen, stellen auch sie keine rein mündlichen Formen dar, sondern sind schriftlich festgehalten und in besonderer Weise rhetorisch überformt. Und dies notwendigerweise, denn was alle Texte eint, ist die Bedingung: nicht über zwei Minuten. Der Forderung nach Pointiertheit scheint die Mundart entgegenzukommen. In kaum einer anderen Sprachregion ist man gewohnt, mit so wenigen Worten alles zu sagen. «Won ih ha welle wybe, han ih gfragt: ‹Wottsch?› U du hets gseit: ‹Mira›, u dSach ist richtig gsi», so Gotthelfs Hansli beispielhaft.

Auch in Lenz' «Morgengeschichten» kommen die zu Wort, von denen man sonst wenig hört. Das Leben eines

Einzelnen «ufem Camping-Stueu», im Modus der Vorläufigkeit und der Kontemplation, das für diesen jungen Mann keine kleine Aufgabe darstellt, ist für die umgebende Gesellschaft eine Provokation: Sie kann ihren Neid – selbst auf den psychisch Kranken – nur mit Spott verbrämen. Den Zurückgezogenen und Stummen gilt in mehreren Texten die Aufmerksamkeit: Der fast taube, stets freundlich winkende «Windredli-Werni» etwa wird von Kindern bewundert, weil er aus altem Eisen kleine, rot und silbern glänzende Windrädchen schmieden kann, keines dem andern gleich. Das Argument der schon fast Erwachsenen, die Windräder seien von geringem Wert, weil funktionslos, lassen sie nicht gelten. Denn dass die Objekte «schön dräie», ist ihnen Grund genug. Das Rot des türkischen Filzhuts des Windredli-Werni und seiner Windräder leuchtet aus diesem Text, der die Zweckfreiheit und Unverfügbarkeit der Kunst in ein Bild fasst. (S. 31)

Auf die Zweckfreiheit verstehen sich gerade Kinder meisterhaft, sie können aus Erwachsenensicht unnützes Wissen jahrelang mit sich herumtragen. Innerhalb ihrer eigenen Ordnung der Dinge haben Informationen wie etwa die Körpergrösse des Ersatzgoalies der australischen Nationalmannschaft ihren besonderen Wert. Das Potential dieser alternativen Ordnung und die Dimensionen kindlicher Empfindungen werden aber häufig falsch eingeschätzt: Der Satz «Mammi, weisch no früecher?» aus dem Mund einer Fünfjährigen klingt für Erwachsene seltsam, die die Kindheit als Zeit der glücklichen Ahnungslosigkeit bezüglich der Vergänglichkeit des Daseins sehen möchten. (S. 62) Sensibilität für kindliche Unglücke zeigt dagegen ein Vater, der seinen Sohn stillschweigend alle «Zündhöuzli» verbrauchen lässt, damit dieser einen Vorwand hat, seine Mutter zu besuchen, die er sehr vermisst. Diesen wahren Herzens-Grund thematisieren die beiden Männer allerdings auch später nie. (S. 152)

Die Frage nach der Wahrheit, in Theologie, Philosophie und Literatur seit Jahrhunderten erörtert, wird in den «Morgengeschichten» erstaunlich oft im Zusammenhang mit Fahrten in öffentlichen Verkehrsmitteln diskutiert. Während bei Guy Krneta ein kleines Mädchen freimütig äussert, es sei eigentlich sechs Jahre alt, im Zug aber immer fünf, wird dies im Text «Kontroue» von Pedro Lenz in umgekehrtem Sinn gefasst: Das Hündchen ohne Ticket wird zur «Chatz» erklärt, worauf der Schaffner, seine Erheiterung verbergend, erklärt: «Wenn das e Chatz isch, de bin ig der Schah vo Persie.» «Voilà, dir sägets grad, es isch e Perser-Chatz», so die Besitzerin, wobei die anderen Passagiere ihr nachdrücklich beipflichten. (S. 94) Dass die Mitbürger an den Orten, wo eine Chatz eine Chatz genannt wird, so viel Phantasie, Humor und Grosszügigkeit gegenüber anderen an den Tag legen möchten, ist eine Wunschträumerei oder aber eine Handlungsempfehlung, wie sie für Gleichnisse charakteristisch ist.

Die Funktion und die Wirkungsmöglichkeiten von

Kunst wurden vor allem seit der Aufklärung zum Thema zahlreicher ästhetischer Debatten, im 20. Jahrhundert war besonders die Position der Literatur zwischen Autonomie und Engagement umstritten. Das Verhältnis von Inhalt und Darbietungsform wird auch thematisiert in der Morgengeschichte «Lesung». Die Zuhörerin kann hier zwar nicht angeben, worum es im vorgetragenen Text ging, ist jedoch überzeugt: Bei einer so elaborierten Sprache und einer so wohlklingenden Stimme «spüuts doch überhoupt ke Roue me, vo was dass er redt.» (S. 149)

Wenn der Inhalt als nebensächlich angesehen wird, braucht man keine Geschichten mehr zu erzählen. Das Erzählen aber steht bei Lenz im Mittelpunkt. Dabei geht es aber nicht nur darum, was erzählt wird, sondern genauso um das Wie – insofern hat die Zuhörerin nicht völlig unrecht. Deutlich wird bei Lenz, dass gerade die Mundart nichts den Texten Äusserliches ist. Zentral ist ja der Klang der Sprache: Der Wechsel von Dialekt und Hochsprache ist hier das eine, das Spiel mit Buchstaben und Wörtern das andere poetische Verfahren. Beide werden zusammengeführt in der Erzählung über die melancholische Figur eines Kellners im Wiener Kaffeehaus: Er ist ein perfekter Kellner, diskret und bei Wünschen gleich zur Stelle. Mit der traurigsten Miene macht er seine Wortspiele: «Ein grosser Brauner.» «Sehr wohl der Herr, ein blosser Gauner.» Von der unerklärlichen Schuldhaftigkeit der menschlichen Existenz offenbar überzeugt, versteht er, anders als Kafkas Josef K., der sich zu

Unrecht angeklagt sah, die Rechnung grundsätzlich als des Gastes «Schuldbekenntnis». (S. 101)

Dass die Sprache nicht nur dem reinen Informationsaustausch dient, dass vielmehr die Form mitentscheidend ist und dass es um das gemeinsame Partizipieren an der Erzählung geht, wird an der Unterhaltung zweier Frauen in «Schwestern» deutlich: «‹Gschalagga, dschalaba, aschgri naschi buobuo [...] ititfiff sumuff› und am Schluss vo jedem Satz no nes Schwizerdütsches ‹weisch win i meine?›» (S. 144) Die beiden, vermutet der Erzähler, wollen einander gar nichts Bestimmtes sagen, sondern nur ein wenig plaudern. Dass sich aber auch hier die Sprache nicht verselbständigt, scheint das Entscheidende zu sein in diesem Text, der mit dadaistischer Vehemenz daran erinnert, dass sich die Schweiz dann auszeichnet, wenn viele Stimmen zusammenklingen können, ohne dass jeder immer jeden restlos verstehen muss als Vorbedingung einer Koexistenz.

Pedro Lenz' «Morgengeschichten» dokumentieren sowohl eine Epoche der Radio- und der Literaturgeschichte der Deutschschweiz als auch die im Grunde schon längst vollzogene Veränderung der Haltung eines Grossteils der Bevölkerung, die nicht das Bedürfnis nach Religiosität an sich betrifft, sondern deren Institutionalisierung. Genau diese Abkehr von Kirche und religiösem Kanon spiegelt sich in der Tatsache, dass ein durch das Erzählen von Geschichten bekannt gewordener Autor wie Pedro Lenz und kein Theologe am 7. Juni 2014 eingeladen wurde, im Deutschschweizer

Fernsehen zum 60-Jahr-Jubiläum das «Wort zum Sonntag» zu sprechen. Lenz thematisierte in seinem Rollenprosastück denn auch genau diese Entwicklung: *«Öppis glouben i gloub scho, momou. […] Aber i gloube nid a Gloube, auso a Gloube, wo eim vo obe … gloube meh so ane höcheri … gloube vilecht ender so … auso wie söu i das jetz … gloube gloub a ne Chraft, gloube gloub a nen Ursprung, aber ender so chli augemein. So ne Dings haut, wi seit me? E Näbu, wo über auem schwäbt, dass aues chli vorbestimmt […] Das Chrischtetum, das isch doch chronisch verchruschtet […] Und nächär, wenn i dänke, was d Chilen aues […] Derbi sägen i jo gar nüt gäge dä Jesus Chrischtus, coole Typ gsi, dennzumou, cha me nid vüu säge, das mit de Fische denn und em Brot, won er verteilt […] Obenuse! Dä muesch zersch bringe! […] Chasch aus ir Bibu nocheläse.»*

Die Geschichten, so wird auch hier klar, gehen uns nicht aus. Man kann sie immer wieder neu und anders lesen. Oder sogar zum ersten Mal. Und man hat dafür mehr als zwei Minuten Zeit.

Stefanie Leuenberger, Oberassistentin für Literatur- und Kulturwissenschaft an der ETH Zürich

Band 1

Guy Krneta

Mittelland

Morgengeschichten, 180 Seiten

ISBN 978-3-905825-13-8

Band 2

Jens Nielsen

Alles wird wie niemand will

Erzählungen, 144 Seiten, 2. Auflage

978-3-905825-14-5

Band 3

Beat Sterchi

Ging Gang Gäng

Sprechtexte, 156 Seiten

ISBN 978-3-905825-16-9

Band 4

Pedro Lenz

Der Goalie bin ig

Roman, 192 Seiten, 6. Auflage

ISBN 978-3-905825-17-6

Band 5

Heike Fiedler

langues de meehr

GeDichte/PoeMe, 168 Seiten

ISBN 978-3-905825-19-0

Band 6

Ernst Eggimann

u ner hört

Gedichte, 144 Seiten, 2. Auflage

ISBN 978-3-905825-27-5

Band 7

Gerhard Meister

Viicher & Vegetarier

Sprechtexte, 168 Seiten

ISBN 978-3-905825-33-6

Band 8

Jens Nielsen

Das Ganze aber kürzer

Erzählte Texte, 192 Seiten

ISBN 978-3-905825-39-8

Band 9

Franz Hohler

Schnäll i Chäller

Lieder, Gedichte, Texte, 192 Seiten

ISBN 978-3-905825-42-8

Band 10

Michael Fehr

Kurz vor der Erlösung

Siebzehn Sätze, 144 Seiten, 2. Auflag

ISBN 978-3-905825-51-0

Band 11

Heike Fiedler

sie will mehr

bild risse, 152 Seiten

ISBN 978-3-905825-56-5

Band 12

Michael Stauffer

Alles kann lösen

Schallerziehung, 232 Seiten

ISBN 978-3-905825-57-2

Band 13

Stefanie Grob

Inslä vom Glück

Sechs Auftritte, 168 Seiten

ISBN 978-3-905825-80-0

Band 14

Guy Krneta

Unger üs

Familienalbum, 168 Seiten

ISBN 978-3-905825-90-9

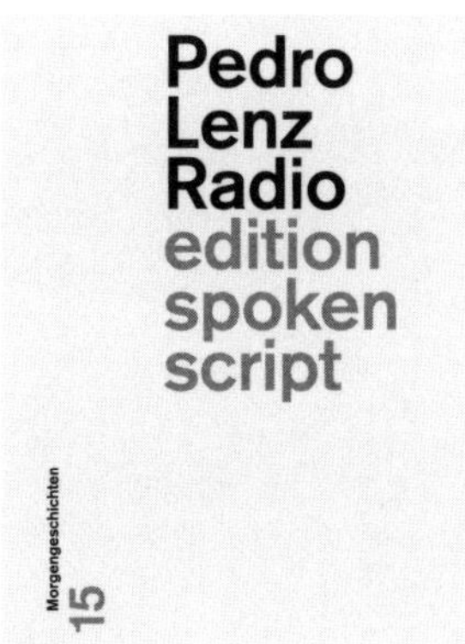

Band 15

Pedro Lenz

Radio

Morgengeschichten, 200 Seiten

ISBN 978-3-905825-92-3